流年有味

白雪 著

黄河出版传媒集团
宁夏人民出版社

图书在版编目（CIP）数据

流年有味 / 白雪著. -- 银川：宁夏人民出版社，2022.12
ISBN 978-7-227-07720-6

Ⅰ. ①流… Ⅱ. ①白… Ⅲ. ①散文集－中国－当代 Ⅳ. ① I267

中国国家版本馆 CIP 数据核字（2023）第 001332 号

流年有味　　白　雪　著

责任编辑　杨敏媛
责任校对　陈　晶
封面设计　沈家菡
责任印制　宋　华

黄河出版传媒集团
宁夏人民出版社　出版发行

出 版 人　薛文斌
地　　址　宁夏银川市北京东路 139 号出版大厦（750001）
网　　址　http://www.yrpubm.com
网上书店　http://www.hh-book.com
电子信箱　nxrmcbs@126.com
邮购电话　0951-5052104　5052106
经　　销　全国新华书店
印刷装订　宁夏银报智能印刷科技有限公司
印刷委托书号　（宁）0025170

开本　880 mm × 1230 mm　1/32
印张　6
字数　120 千字
版次　2023 年 2 月第 1 版
印次　2023 年 2 月第 1 次印刷
书号　ISBN 978-7-227-07720-6
定价　36.00 元

流年味更醇

◎ 闫学军

当你读文，你就活在文的世界里；当你读书，你就活在书的天地中。打开电子书稿，徜徉字里行间，虽然还没有氤氤氲氲的墨香熏沐，我已淹没在流年醇厚的情味里，随波逐流，起起伏伏。白雪女士清新的笔调，细腻的笔触，温情的讲述，忠实的再现，把我带回曾经的悠长岁月，让曾经的生活一次次重现，我恍若真的重新活过。

岁月永在流逝，人世长处变迁。乡土中国正在深度蝶变，对于新来者，农耕渐渐远去，游牧亦已式微。普希金说留在记忆里的都是美好的回忆，这毕竟只是诗人的浪漫抒怀。鲁迅说故乡也未必真的那么美好，这何尝不是现实主义的真情揭示。然而记忆终会稀释，一个个时代终将化作传说。可喜的是祖先留给了我们文字。文字是存留记忆的最好媒介，能够把传说化为信史，让后来者在品读文字中了解曾经的年华，让田园牧歌在归于袅袅青烟时化作浪漫的文字存留人间。

醉过才知酒醇，爱过方知情浓。对于作者，流年大抵是一生咀嚼不尽的脍炙，或如陶乐东沙窝的黄骨狼苦而后甘，亦如陶乐盐碱地的甜苦菜苦中泛甜，更是黄河水浇的稻谷、小麦、山药蛋，喷香可口。流年需要记述，不是为了凭吊，“只是随着光阴的流逝，人们总是容易遗忘曾经的自己，而智者或许可以从过去摸到未来的方向”，而且“生活不只是你活过的样子，还应该是你记住的样子”（《自序》）。

于是，开荒拓土打田埂，蹚水过河运稻种，渚汀港汊牧羊牛，单人独骑求学忙。生活不止一次地示以苦，人们不止一次地寻找甜，一切在这里都得到了忠实的记述。我知道，那不仅仅是陶潜“采菊东篱下，悠然见南山”的恬淡，多的是农人“足蒸暑土气，背灼炎天光”的焦灼。

然而，生活就这么拗，人只有经历“久在樊笼里”的苦痛，才体会到“复得返自然”的甜蜜，说出来才会本真自然，毫不做作，因为生活本身就是最好的艺术，只要任其淋漓重现，驱动笔尖，画下的墨痕就是最好的诗文了。痛读这本书吧，重回曾经的年月，重温曾经的故事，偶或会心一笑，偶或击掌一惊，咀嚼那人那事那情，品啜那草那沙那水，鼻翼翕翕闪动，舌尖啧啧有声，那就是流年的味道了。

流年有味啊！有命运的苦涩（《命姐》），有劳作的辛苦（《蹚河救粮》），有拮据的苦忧（《孩子，你慢慢来》），有求学的苦情（《住宿漂流记》），有丧亲的苦痛（《我的奶奶》）；也有泥塘里黄河鲤的腥味（《稻花香里》），圈落里老绵羊的膻气（《牧羊女》）；但更多的是沁人心脾的香味：河滩上菖蒲草的幽香（《青青河边草》），沟渠边沙枣花的芳香（《沙枣花香》），作坊中胡麻油的浓香（《流年飘香》），稻田里翠秧苗的清香（《稻花香里》），老屋间馒头馍的馨香（《小三姐》），种种香味洋溢在斜阳草树，寻常巷陌，洋溢自父老乡亲咸咸的汗水。读之，品之，至醇，至厚，令人沉醉！

人间至味是清欢。祖孙天伦欢（《奶奶的教诲》），师生同契欢（《青春印迹》），姐妹同胞欢（《小三姐》），新年合家欢（《电影海报》），母子和融欢（《幸福很小》），让那些还比较清苦的日子有情有味，悠远绵长。尤其是童年那些灿如晨星、甜似饴糖的天纵欢欣，该羡煞今世多少垂髫始龀、豆蔻及笄啊。啊啊，田野里，光是那鸟鸣禽啭就让人驻足屏息，赏之不迭了。你听，“咕咕——”杜鹃在吟唱，“咕咕——噔”斑鸠在求偶，“咕咕——唰”戴胜在引伴。孩子们都是公冶长，单听“咕咕”声就懂得鸟儿的心意了。你看，停在电线上的一溜儿燕雀雀吵着呢：“不吃你的糜子，不吃你的谷子，叽——”嚯嚯，羊群里，“大黄头”口泼，“黑脊梁”偷吃，“撇蹄子”偷懒，撒着欢儿跑，围着人儿转，温热的嘴唇抢吃人手心里的玉米粒粒（《夜，牧羊》）。天宽地阔，树冠草丛，到处都曾荡漾着童年的欢歌笑语。哦哦，当然还有童年百思不解的疑惑，和恐惧又爱听的鬼故事（《禁忌》）。

品味流年，被不时迸出的质朴的生活感悟点燃思想的火花。“原来人生的第一步，从来不在预设和想象中，时机成熟，一切自然而然，作为父母，只需静待花开。”（《我有一宝》）“时过境迁，吃苦的内容和形式早已发生了变化，只是吃苦的品质不变。”（《蹚河救粮》）“人生，没有在合适的年龄吃到心心念念的美食，终归是一件憾事。”（《孩子，你慢慢来》）……品读着这样富有理趣的文字，读者的心灯也随之点亮。

“过去真的是那个样子吗？”被严格保护在温室和暖阁里却无病呻吟着“十年寒窗苦读”的人们常常有这样的疑惑。白雪对几代人生活的真实重现，解答了这个疑惑，把“传说”定格为“信史”，善莫大焉！流年味醇，品之长醉！

2022 年 11 月于平罗

（闫学军，平罗中学教师，曾执教于陶乐中学。特级教师，正高级教师。）

落笔潇潇写流年

◎ 李巨义

《流年有味》收集了作者的三十多篇散文，大多描写作者家乡宁夏陶乐的人和事，笔触涉及黄河滩的过往，触角延伸至过去的时光。《流年有味》里的部分文章已在区内报纸上发表。我用了两天的时间，一口气读完了全部文章，其间感受颇多，我的情绪一直被作品左右着、牵制着、控制着，一会儿愉悦，一会儿忧伤，一会儿激动，一会儿又忍不住笑出声来。

《流年有味》收录的作品虽然没有宏大的主题，没有惊心动魄的故事，但每篇文章都有其特点。

不刻意追求大主题。读白雪的散文，我的感觉是那么的自然，那么的随性，不刻意追求主题，但不影响作品所表达的深意，朴实的文字充满着人生的哲理。比如《春日闲步》《春之歌》《元日》《我有一宝》等等，语言如溪流，叙述润物无声却水到渠成。白雪写散文有时因地而发，有时随感而发，正如作者自己所说：家里，医院，车上，散步时……都是她写作的场所。有手机敲字，有电脑录入，有手机语音转换文字后整理的。每一篇都是积极的、向上的。为体现作品的思想性，作者巧妙地运用哲理性的语言，如："日子，就像这羊儿的卷卷毛，虽然剪掉了一茬又一茬，回头依然洁美旺盛"，"生命中所有的失去，都会以另一种方式回归"，"逝去的珍藏于心间，拥有的彼此更加珍惜，明天的顺其自然，这也许是我们面对人生所能拥有的最好心态"。

体现了对家乡深沉的爱。古往今来，故乡都是写作者创作的重要源泉，多少经典作品都是讲述各自故乡的故事。白雪也不例外，《流年有味》里的篇章，描述的对象大都是故乡和那里的一草一木，从白雪的作品中可以看出她对故乡、对宁夏川的热爱是深入血脉的。"土地是我的根，村人是我的经脉"，"白天，踩在曾经为之流汗流泪甚至流血的田地，那感觉亲切得清晰如昨，确是如此踏实可靠"，"曾经拼命想逃离的地方，如今却是如此眷恋"，这些都是作者发自内心的声音。尽管她成年后生活在城里，但她的写作生活依然非常充实。特别是青少年时期丰富而多彩的生活经历，为她今天的写作提供了不可或缺的创作养分。没有小时候的经历也写不出像《青青河边草》《稻花香里》《夜，牧羊》《小学路》等美文。作者对生活的观察融会于心，她的功力在于写实自然，在于情景交融。“那些年，寒暑假，说话最多的是给羊听，夏天，滩里说，冬天，圈里说；歌最多的是唱给羊听；看得最多的也是羊吃草、反刍。羊，什么时候都是我最忠实的听众，有时还会抬头怔怔地看着我，然后对我会意地咩咩叫。”没有真实的生活，没有真情实感，是写不出这样文字的。

通过环境描写营造气氛。《流年有味》里的许多作品，就像当代著名作家浩然的作品一样，在描写人或事的时候，完美地利用环境描写推动情节的发展，表现人物性格。茅盾说：“作品中的环境描写，不论是社会环境或自然环境，都不是可有可无的装饰品，而是密切联系着人物的思想和行动。”白雪的《青青河边草》开头就是通过环境描写展现地域风貌、交代人物活动的场所，赋予“我”和小伙伴活动的特定空间，这样的描写为孩子们的出场作了铺垫。结尾的景物描写：“层层叠叠绿树掩映的村落，氤氲升腾的白色炊烟，袅袅娜娜，与灰色的暮霭、洁白的羊群交融在一起，缭绕着人间的悠闲与繁忙。时光，静谧；农人，悠然。”寓意于景，景中有意，衬托出村人忙中有闲、苦中有甜的生活。再如：“炎炎夏日，万物生烟，暑热蒸腾，鸟儿草里避，蚊虫不见影。”“我”在稻田里拔草，虽然没说如何地遭罪，读者也能想象到烈日的炙烤。“记忆中，蓝格莹莹的胡麻花在碧蓝的天空下一望无际地铺展开来，那清幽的蓝，随着清风轻柔地摇摆，那么温柔，那么安然。”“夕阳下，黄河边，茫茫芦苇荡，微风过处，顺风摇摆，发出簌簌声响，送来缕缕芦的清香。小野鸭，跟着鸭妈妈……”作者描写环境生动感人，恰似一幅美丽的画，一下子就将“我”的心情烘托了出来。

善用修辞手法。白雪的散文善用排比、比喻、拟人、移用、夸张等修辞手法，这在《稻花香里》等篇章中体现得较为明显。“欢实的水稻在风激越的鼓点下尽情地燃烧，一会儿是热情奔放的探戈，一会儿是强悍振奋的桑巴，一会儿是柔媚浪漫的中国古典舞。”“面对展脱的稻田，站在田埂上的父亲，迎着风，更像是伫立于天地间的劲松，与心爱的水稻彼此交换着能量，以达生命互养。”“齐刷刷的稻穗一改往昔昂首挺立的姿态，在绵绵秋雨中总是低着头、弯着腰、躬着背。”“带着温软的气息，带着朦胧的醉意，带着丝丝甜意。”作者用一串串排比、一串串比拟来描写景与物，形成强烈的修辞效果，使得描写形象生动，美不胜收。

文字灵动简洁，语言优美鲜活。白雪的散文，遣词造句能营造出优美的油画般的效果。读她的文章要细品，细品才能品出美的味道。《风动影移》中：“行走在纵横交错的田埂上，随手扯几根嫩嫩的青草塞入口中，慢慢回味这来自大地的味道；采撷几颗苦豆子泡泡，捏得啪啪作响……”婉约细腻的描写，动感强烈，语句形象生动，生活气息浓烈。再比如：“小河边，有长腿鸟儿在三棱草中金鸡独立，呆头呆脑地兀自小憩，抑或悠然地漫步水边，偶尔低头寻些吃食。不远处的水边横着或大或小的废旧木船，有鸟儿蹲在上面歇息”，“远处，滩涂开阔，绿油油一片，也有农人种的油葵，亮闪闪地开着黄花，落日的余晖洒满人间，给所有事物镀上了一层金黄的颜色。夕阳将落尽，只剩一襟晚照”。恰似用文字描摹出来的一幅画，跃然呈现在读者面前。我们从这些片段中不难看出文章语言的优美与鲜活。

幽默、富有情趣。再好的文学作品没有了趣味性，也就没有了读者。白雪的文章不乏情趣、幽默，比如《我的中学政治老师》，从老杨“手拎政治书，昂首挺胸，迈着八字步，笑眯眯地穿过满是学生的楼道，径直走向初三三班”，到上课的约法三章，再到老杨“因为年岁已大，一堂课喋喋不休对人毕竟是一种消耗，为此老杨经常说得唾沫星飞溅，前排的同学却是一动不敢动，仰着脑袋，一副认真听课的样子。有时一激动，老杨手势力度过大，不小心打飞粉笔盒，大家想笑而不敢笑，硬生生地憋了回去”。读这篇文章让人忍俊不禁，仿佛看到了鲁迅笔下的人物，“老杨讲课全程方言土语”，读者全程笑声不断。写人抓住了人物的特点，栩栩如生。还比如：“也有那不会划船的婆姨，撑着小船只在河汊心打转转，只听到哎哟喂的叫唤，小船左右摇晃，却仍是停滞不前，这时，看戏似的孩子一阵哄笑，把个婆姨气得刚要张口骂人，一分神小船侧翻，只听到一声惊呼，连人带饭一同掉进了水中。自家的娃娃看到后骂骂咧咧地赶紧叫上小伙伴跑向河心。”凡此种种，都来源于生活，作者把这些场景写活了，立体效果很明显，写得多么可爱、幽默！

乡村女性生活的缩影。白雪以女性的视角记录了宁夏川女性的生活，主要以奶奶、堂姐、婶娘为记述对象，在充满温情的叙述中揭示乡村女性的命运和际遇。作品聚焦于儿时、少年时期故乡女性日常的琐碎生活，她们的命运随时代的变迁而改变。宁夏川的女性在艰辛坎坷的生活中始终保持笑对人生的态度。这些平平淡淡的生活最能挑战作者的艺术想象力和艺术表现力，对平淡生活的描述很难艺术化，在这方面，白雪展现了较好的艺术演绎能力，把单调乏味的日常生活记述得有血有肉、丰满细腻。作者笔下的妇女们能吃苦、能隐忍、能坚守，她们是黄河川女性的缩影。奶奶是典型的中国农村女性代表，频繁生育、含辛茹苦，和男人一样去播种、收割，吃苦、执着、隐忍、善良。“虽然奶奶中年丧夫，一个人扛起一片天，拉扯大七个孩子，生活并不易，但对穷苦人从来都怀着悲悯之心、慈善之心，得帮人时且帮人。”“家中来了讨饭的，奶奶从不像村里有些人闭门不开或者嘴上混骂一顿赶走，要粮的给粮，要饭的给饭。”那个时代的女性需要面对种种困苦，她们为了全家的生活，牺牲着自己。面对生活的苦，她们依然报以微笑。作者通过她们平凡甚至无聊的生活、黯淡的人生轨迹，揭示出中国传统女性吃苦耐劳和坚韧刚强的品格。

除此之外，《流年有味》里也有饱含深情、母子尽享天伦的作品："牵着儿的手，听着其一路叽叽喳喳，不觉间，信步来到了广场，只见广场上卖风筝的小贩忙忙碌碌，小儿两三成群，或追逐嬉戏，或忙放纸鸢，各式各样五颜六色的风筝，或高或低，迎风招展。""牵着儿的小手，感受这一片希望至真至纯的美，人格外的清爽，脚步轻盈了，大人和娃娃言语都多了起来，趁风和日丽、鸟语花香，看一场风月，赏一场花事。"这温馨的场景就定格在了妈妈常带儿子来玩的公园里。《宝儿幼儿园毕业随感》写得情深意切。《我有一宝》提醒当父母的应该给孩子创造足够多的回忆资本，因为在孩子的成长过程中，爱是不能忘怀的东西，爱是孩子最需要的。文章表达的主旨就是不论何时何地，"我"都爱着你——孩子。

通过白雪的作品可以看出她对真善美的追求，也再现了作者的文化素养和人格魅力。作者的真诚坦率，在逆境中不懈努力、乐观向上的精神给读者留下了难忘的印象。"父亲高挽裤腿，赤脚蹚在泥水中……母亲在父亲的指挥下不失时机地均匀撒下被红衣包裹的、颗粒饱满的稻种，也播下了全家人的希望"，"父亲咚的一声跳入齐腰深的激流中，用自己的身躯阻挡这冰凉的河水。那一刻全家人受到了鼓舞，母亲跟着跳了下去，我和弟弟的行动更加迅速、坚定、有力”，“父亲常常掮着铁锹站在田埂上，笑盈盈地为在稻田中拔野草的我们憧憬着金灿灿的未来”。读这些文字可以使人的心灵得到净化。我们也可以看出作者从父辈身上获得的精神滋养。

总之，读白雪的散文有时觉得像是在讲故事，有时又仿佛在拉家常，她优美顺畅、细腻生动的语言，总是给人以深刻的启示。读罢她的文章，似乎能得到一种快感和满足。作为一名职业女性，作者虽然离开乡村多年，到城市学习、工作、生活，但她一直关注着家乡的生活、家乡的变化，也才有了她作品的厚度和思想的深度。时光在向前，日历在翻页，相信白雪的作品会得到读者的喜爱、经得起时间的检验。我相信这位青年作者的创作前途会闪闪发光，我以此文为贺，并祝愿她百尺竿头更进一步。

2022 年 11 月于鄂尔多斯康巴什

（李巨义，1957 年生，内蒙古鄂托克前旗城川人。曾任鄂托克前旗文学刊物《红柳河》主编。先后受聘任《鄂托克前旗志》《城川镇志》等地方志主编。）

自　序

本书所收录的文章大多是自己在大半年时间内断断续续所写，有在家里，有在医院，有在车上，有在散步时，有在夜半辗转反侧间……部分文字由电脑录入，部分靠手机敲字，部分通过手机语音转换文字后整理而成。然而，我毕竟不是专业作家，仅仅是一名骨灰级的业余写者，所以，为了不影响工作和家庭，有时一篇三四千字的文章竟断断续续写了一个多月。开始一段时间，写文几乎处于痴迷状态，每周五不论多晚下班，都会写点自己喜欢的文字，每当坐在电脑前，听着中国古典音乐，不由进入一种忘我的冥想状态，思绪悠悠，情感不由在指尖流淌，有欢快轻松时，有泪流满面时，有冥思苦想时，有绞尽脑汁时……这样坚持了一段时间，却因写作应激导致时常无法入眠，起先是晕头晕脑，继而天旋地转。我，真的不如曾经了，想想上大学时通宵上网第二天依然活蹦乱跳的场景，时常感到空茫与虚弱，我对自己无可奈何，我对自己无计可施。后来，写文变得断断续续，可自己一直在坚持，别人散步郊游、刷剧聚会等的时间，我全部零敲碎打地用来写作，不管好赖，先写了再说。做喜欢的事情，总是令人愉悦的。

当自己再次深入生活，深入活过的岁月，发现仿佛重新活过一样，然而，正如鲁迅先生所说：“所谓回忆者，虽说可以使人欢欣，有时又不免使人寂寞，使精神的丝缕还牵着已逝的寂寞的时光……”时光是寂寞的，自己是寂寞的，文字是寂寞的，可我为什么要书写流年？在纸媒日渐式微，电子书独占鳌头，有声书拉拢读者的如今，除了自己，会有多少人读这些碎碎念的过往？一遍遍地回忆，除了平添一丝落寞与孤寂，于人于己有何益处？

不可否认，写文的最初动机具有私密性，当我在人际关系中因迟钝而受到伤害的时候，我便退回到文字的世界，通过写字来获得疗愈和平静；当我面对周遭的变故和病痛的时候，当我感到生命的虚无与萧瑟时，写文能给予我继续生活的力量；当我难过和对生命充满无力感的时候，通过写文来获得排解和纾困；当我面对周遭因敏感而感到自卑的时候，写文让我慢慢找到归属和自我。然而，随着写文的逐渐积累与深入，我发现心中的疑惑越发明晰。时光荏苒，衰老的只是人的容颜，回忆和文字却永远是鲜活的。我们书写流年，不是为了凭吊流年，只是随着光阴的流逝，人们总是容易遗忘曾经的自己，而智者或许可以从过去摸到未来的方向，所以我要书写，靠文字的输出使岁月深处的朱砂不被淹没在时光的林海雪原深处。流年安暖，岁月留香，风雪知心，生活不只是你活过的样子，还应该是你记住的样子。人生最曼妙的风景是对美和幸福的感受力，独享这份清浅的温暖与素简的安然，心灵永远是通透与宁静的。

赶时间一样赶制，本欲多写，奈何有种油尽灯枯之感，故草草煞尾，若遇良人愿读一二，幸甚，幸甚。

目 录

风雪知心

流年安暖

青青河边草

我的家乡在黄河的东边，只消一二里路便走到河边。孩提时期，尤其到了夏季，我的大部分时光是在黄河滩度过的，遂与黄河滩结下了不解之缘。黄河滩的一草一木、一山一水、一景一物，至今回想起来仍历历在目，记忆犹新。春季，万物复苏，一切欣欣然地张开了眼，冰雪融、草冒尖，地下的蛤蟆被农人播种时翻出，仍是一脸睡眼惺忪的模样。夏季，树离离，草萋萋，花灼灼，鸟啾啾，蛙呱呱，芦沙沙，盈眼抒胸。秋季，“蒹葭苍苍，白露为霜”。芦花盛开，蓬松一片，风过处送来点点芦雪，飘忽于眼前，轻抚于脸庞，萦绕于指间，挠得人痒痒的。金灿灿的庄稼地、膘肥体壮的牛羊构成了秋的饱满。冬季，千里冰封，万里雪飘，一片沉寂。河水洋洋，北流活活，似一位深思的哲人。一年四季，从春到冬，最爱夏季的河滩，在它柔情的旋涡里，我的童年不知飞溅起多少欢乐的浪花。

家乡的黄河滩有两条河，一条是主河，一条是河汊，在主河和河汊之间有一大片草木葳蕤、花香氤氲的荒草地，这里也是理想的牧羊牧马之地。若要到这片天地，先要渡过这条河汊。夏季，大部分时间里，河汊的水也就刚到十来岁娃娃的腰部，所以，渡河汊对于人和动物都是比较容易的，但是也有例外的时候。赶在丰水期，河汊的水能漫过娃娃的双肩，蹚河时，每行一步先用备好的长棍小心翼翼地试探水的深浅然后再挪步，时刻牢记那打着深旋儿的地方去不得，否则就会被河底的水鬼扯入未知的水底。突然探到一处棍子一下被淹没的地方，心头不由得一紧，倒吸一口气，赶紧再试探别处。每行一步，人不由自

主地被湍急的水流冲撞得踉跄，但此时一定要稳住，要提起十二分的精神，否则稍不留神便会被打着旋的水流冲走。

丰水期是一番天地，赶到刚进入枯水期又是另外一番景象。只见河床裸露，河岸边的泥床上时有小鱼小虾小鳖的尸体，或者只剩一汪小水坑，留几尾鱼虾在烈日下蹦跶。河心，鱼脊也时隐时现。远远近近，皆是满眼的泥泞，此时同样需要格外谨慎，因为平静的表面下是暗流涌动的泥沙，专等那些莽撞的动物闯入，然后被牢牢吸住，待要拔腿时却发现已无法动弹，挣扎间不知不觉越陷越深，直至耗尽最后一丝力气，在恐惧和绝望中一点点被泥沙吞噬。

过了河汊，便进入了自由的天堂，只见绿油油的草儿欢实地铺展开来，目之所及皆是草海草浪，欢快流畅，瑰丽壮观，直到远远地泛着粼粼波光的地方，那儿便是主河了。起先过河时的紧张与恐惧转眼不见了踪影，人和羊群似乎都找到了归处，娃娃们赶着羊群一阵横冲直撞，笑闹着，吆喝着。羊儿们这边啃啃，那边儿嚼嚼，吃到尽兴处像是突然想起了什么，猛然间抬头惊叫自己的羊宝，蓦然发现羊宝正在不远处不紧不慢地吃着嫩草，听到妈妈的呼唤，小羊立马甜甜地回应，欢快地跑回妈妈身边一起啃食羊间美味。

芳草萋萋

因为河滩上没种庄稼，为了方便玩耍，孩子们便把几家羊群掺和一起，此时孩子们就可以自由地玩耍了。他们有时钻入草丛中到处寻那可爱的鸟雀蛋，有时到河汊边寻那各式各样的贝壳，有时玩石头丢坑的游戏，有时比赛用冰草钓地上小深洞里的“驼驼羔羔”，有时采摘各色花朵做成花环套在自个头上，有时看几只公羊抵角格斗的游戏，有时去浅水处捞了小鱼来烤着吃，有时和泥玩造城堡的游戏，有时仰着头扯着嗓子比赛唱歌，唱着唱着，青天白日的竟然丢起豆大的雨点儿来，砸得娃娃忙不迭脱下衣服挡头顶，眨眼工夫，又是烈日当空。也有那愣小子瞅见远处羊群中静静聊天的姑娘和小伙，心中感慨，咋能一拉起话话就一整天呢……玩累了，孩子们便四仰八叉地躺在草丛里，口含青草，草尖“剑”指蓝天。蓝格莹莹的天空，漂浮着芦花般的云朵，这时天空中的云朵又是孩子们奇思妙想的天堂。彼时，天朗气清，惠风和畅，鸟鸣、羊咩、孩童嬉戏声融为一体，优哉游哉，人生好不快意！

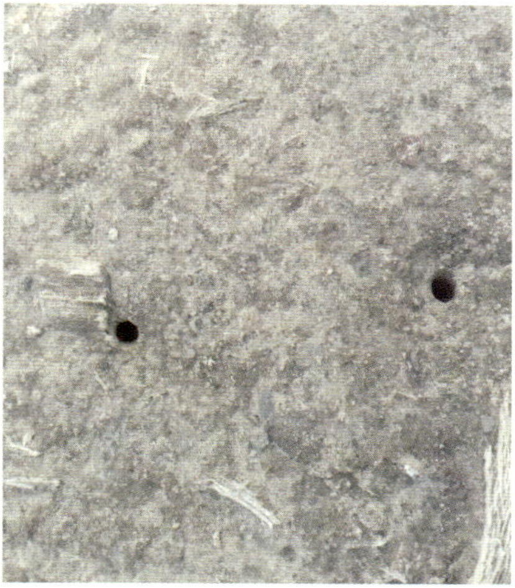

还记得这是什么吗

及至中午，大人们划着小船，哼着小曲，过河来给牧羊的孩子们送午饭。桨声欸乃，和着那自由的风，欢快的曲，愉悦的鸟鸣，俨然一幅清亮明丽的画。然而，也有那不会划船的婆姨，撑着小船只在河汊心打转转，只听到哎哟喂的叫唤，小船左右摇晃，却仍是停滞不前，这时，看戏似的孩子们一阵哄笑，把个婆姨气得刚要张口骂人，一分神小船侧翻，只听到一声惊呼，连人带饭一同掉进了河中。自家的娃娃看到后骂骂咧咧地赶紧叫上小伙伴跑向河心。

欢乐的时光总是来去匆匆，不觉夕阳西下，渔舟唱晚，桀骜不驯的河水在落日的余晖下泛着金色的光芒，显得宁静、安详，像一位慈祥的老者，爱抚着疲惫了一天的农人和娃娃们。大人们下了地头，远远地来迎接牧羊归家的娃娃们，此时羊只井然有序地各归各队、各回各家，偶尔有走散的羊羔在母羊的呼唤下惊慌失措地归了队。

层层叠叠绿树掩映的村落，氤氲升腾的白色炊烟，袅袅娜娜，与灰色的暮霭、洁白的羊群交融在一起，缭绕着人间的悠闲与繁忙。时光，静谧；农人，悠然。处处渗透着草木的香，浸满着风月的美，抚慰着农人的心。

沙枣花香

一袭暖风，吹过无边春色，一回眸，春已尽，别过姹紫嫣红的兰时，不觉进入草木葳蕤的缥夏。沐浴在五月的阳光下，沉浸在四溢的花草清香中，心扉为之震颤，魂醉不知归处。

每日午后必独步于花园似的小区。小区虽小，可绿化却下了一番苦功。甫五月，门前小院便惊天动地开满了芍药、蔷薇花、月季……“有情芍药含春泪，无力蔷薇卧晓枝”“蔷薇花满架，不语也倾城”“月季花开正艳丽，千娇百媚亮初夏”……到处是讴歌与盛赞它们的文人雅士。相比而言，小区的沙枣花开得是那么不起眼，甚至有些土气，一朵朵挤挤挨挨的小黄花，串串吊吊地张开了喇叭嘴儿，开得寂静而孤独，唯有那一树醉人的芬芳，告诉世人，它来过。

可正是这不起眼的沙枣树，却编织了多少孩童美好的童年。乡野风月，纯净悠然，孩提时，那一树树黄灿灿的小黄花不仅是醉人肺腑的氧吧，也是馋嘴孩子口中的美食，摘几朵放在嘴里，虽涩，却甜丝丝，使人口齿生香。折下几枝，插入家中水瓶，整个屋子顷刻香气缭绕。那香，不张扬、不腻歪，清新中透着一股质朴，就像乡间一切植物，吸日月之精华，释放自然之灵气。醉心于这样的甘甜与清香，我常驻足于沙枣树下，忍不住深呼吸，像要一口气将这醉人香甜全部揽入胸间。

花期过后，小黄花渐谢，花把把就鼓出沙枣枣，绿蛋蛋上密布细细的白点。那些小疙瘩得天地之灵气，日见长养。我们小孩子常不待它成熟，忍不住摘下几颗放入嘴中，又酸又涩，毫无美感，只能想象它上一季成熟后的甘甜，心里默默期待着它快快成熟。

夏日的青涩

那个时节，物资相

对匮乏，甘甜的沙枣便是乡间小孩一年中心心念念的美味。哪棵沙枣树结出的沙枣更甜，庄前庄后、房前屋后，早已被小孩摸得一清二楚。经历了一夏的酝酿，转眼到了金灿灿的秋季，那一树树或红通通，或黄灿灿，或红黄相间的颜色，煞是惹人眼热。常不待沙枣全部熟透，远远望去，早已有三三两两的小孩，或攀或爬，树上摘的，地下跳着用棍打的，先喂满嘴嘴，再塞满荷包包。

那个时节，走门串户、看露天电影、村口巷尾谝闲传，除了葵花子和豆子，沙枣便是绝好的零食了。碰到有心的妇人，将秋季捡拾的沙枣专用酒泡了，然后用塑料裹着，竟能保鲜一整个冬天。冬季来食，不仅新鲜，还透着股酒香。逢年过节或是家中来了亲戚，妇人都会拿来招待客人，大人娃娃看了都眼馋。亲戚不禁暗暗夸赞这妇人有心，更觉这份情谊的可贵。小小沙枣默默传递着人间的温情。那关系好的姐妹，常悄悄地背过旁人从兜里抓出几把沙枣笑盈盈地塞入对方手中，对方先是心头一惊，旋即喜笑颜开，低头在姐妹身边耳语几句，仿佛那小小的枣是传情达意的工具。也有那嘴馋的娃儿，常常背着母亲，偷偷蚕食母亲辛苦储藏的枣儿，日积月累，待母亲发现，已见了底儿，这时妇人常忍不住拿着笤帚疙瘩满院子追着馋嘴的孩童作状要打，可一眨眼工夫，偷嘴的猴儿已跑得无影无踪。

我常想，为什么外表如此不起眼的沙枣花却能散出这样馥郁的芬芳？或许一切都是上天的安排，生命中所有的失去，都会以另一种方式回归。可能正是因为外形的丑陋，使它更注重内力的涵养；正是因为体型小，所以更要极力蓄满浓郁的芬芳。看看吧，它们一旦释放，便惊天动地，熏染了空气，熏染了四野，熏染了寰宇，使大地为之震颤，使人们为之陶醉！

秋日盛景

春日闲步

临近四月，阳光明媚，天气醺酣，杨柳婆娑，杏花初放。在经历了一个寒冬的蛰伏后，一切事物都铆足了劲，热情地拥抱这微醉的春日。今日，周末，又恰逢春分，《春秋繁露》中说：“春分者，阴阳相半也，故昼夜均而寒暑平。”春分，平分了昼夜，也平分了寒暑，至此，春天已经过半，人间向暖，陌上花开。手头无事，便趁着这份清闲，与儿外出享受这无边春色。

牵着儿的手，听着其一路叽叽喳喳，不觉间，信步来到了广场，只见广场上卖风筝的小贩忙忙碌碌，小儿两三成群，或追逐嬉戏，或忙放纸鸢，各式各样五颜六色的风筝，或高或低，迎风招展。举目远眺，不觉间思绪随着这轻盈的纸鸢飘飘荡荡。记得儿时，正月十五一过，每天

蜂儿花间忙

清晨醒来，娃娃都躺在床上屏息聆听，外面是否有咕咕鸟在歌唱。妈妈说，布谷叫，即代表春天来了，万物悄悄复苏，繁忙的一年拉开了序幕。盼望着，盼望着，春，从时空深处，穿透冰天雪地，袅袅娜娜，翩翩跹跹，如约而至，带着温软的气息，带着朦胧的醉意，带着丝丝甜意，含情脉脉，在田野，在林间，在河堤，在溪涧，温婉萦回。窗外，隐隐传来扣人心弦的悦耳鸣叫，“布谷——布谷——”细听时，又没了声响，再侧耳倾听，又有了，声音越来越清晰，敲打得娃娃心花怒放。忙不迭爬起喊妈妈：咕咕鸟回来了，咕咕鸟回来了。女娃翻箱倒柜地找出花裙，顾不得太多，利落地套在长衣裤上，一溜烟地跑出了门，买来花花绿绿的皱纹纸，从旧竹门帘上抽出几根细竹签，熟练地将竹签折断，然后捆绑成风筝的模样，再用妈妈打好的糨糊将裁好的皱纹纸按照竹签的纹理贴好，很快，纯手工风筝便制作好了。系上妈妈缠好的尼龙绳，便得意扬扬地举着风筝跑向了打麦场。此时，打麦场早已有娃娃聚集在一起比画着自己的风筝，先看花色样式谁的更出挑，再比谁的风筝飞得更高、更远。也有那银样镴枪头，中看不中用的风筝，累得娃娃大汗淋漓，驭着风，却怎么也飞不起来。看着别人的风筝远走高飞，急得娃娃抽抽搭搭。要好的小伙伴眼里瞅着，嘴里安慰着，脚下忙跑着，将自己手里长长的丝线递给哭泣的娃娃，瞬间娃娃破涕为笑，手里牵着线，和小伙伴一起分享这高飞的风筝的乐趣……

万紫千红总是春

穿过广场，来至公园。此时，辽阔大地，气象万千，春风和暖，春水潺潺，杏花盛开，岸柳青青，虫鸟合鸣。牵着儿的小手，感受这一片希望至真至纯的美，人格外的清爽，脚步轻盈了，大人和娃娃言语都多了起来，趁风和日丽、鸟语花香，看一场风月，赏一场花事。顺着人流，飘飘然至桃花小道，徜徉在繁花似锦的花海小路，欣赏这如云似霞的繁花，在油纸伞下像梦一样飘过，让时光在亘古的柔情里凝固。花海小路，游人或驻足欣赏，或拍照留念，或吮吸花香，或闭眼养心，飘飘摇摇，沉醉不知归路。梦游似的穿过花海，与儿来到湖边，看到三三两两的孩童提着小桶，拿着长竿渔网在湖边捞鱼，儿也来了兴致，嚷着要钓鱼。天气微醉，兴致正浓，母子快速买来渔网和小桶，蹦蹦跳跳地来到小湖边，寻到一处有石头的地方，搀着儿的小手，踩着石头抵达远离湖边的水域。母子二人凝神屏息，静静地观察水中鱼儿的踪迹，发现一处鱼群，按捺不住内心的激动，轻轻地、慢慢地将渔网伸入水中，神不知鬼不觉，有那不知情的小鱼一进入渔网，儿兴奋得大喊大叫，我立马收网，一条小鱼到手。顺手将小鱼放入小桶，撒入飘落的花瓣。儿围着小桶，欢喜地看着小鱼，想摸摸小鱼，又怕打扰了小鱼，一会儿端起小桶赏玩，一会儿又放在地上蹲着看，小手伸入水中波荡两下，又快速拿出湿漉漉的小手，一副兴高采烈、手舞足蹈的样子，看着让人好生疼爱。

远处，湖面上三三两两的小船在荡漾，一家人坐在小船中，说说笑笑好不热闹。南来的红嘴鸥或盘旋，或俯冲，或浮游，或栖息，春日盛景惹人醉。折腾了半日，只为小鱼找了一个伴，渐渐地失去了守株待兔的耐心，也罢，两条，刚好。我掮着长竿渔网，儿拎着小桶，一前一后心满意足地打道回府。路上，儿问:“妈妈，今天开心吗？”答：“开心。”“那你背首诗吧。”惊奇，这小子原来也学会了借诗抒怀。拐弯抹角的，八成是自己想赋诗一首以抒胸臆。“背不出来呀！”“那你记得写篇作文。”好吧，背不出诗歌的老母亲，姑且写篇作文聊表安慰，也算是对这美好春日母子游的记录。

春日盛景惹人醉

小学路

——重回村部小学有感

小学一、二年级，我在离家不远处的一所庙前小学读书，三年级时，升到了离家约三公里远的村部小学。那时，几乎家家缺少交通工具，即使有自行车也主要用于下地干活时捎农具、捎化肥，回家给羊带草，故大部分娃娃上学需步行。九岁开始，我也加入了步行大军。

二十世纪九十年代，宁夏北部春秋季多风沙，尤其是春季，经常黄沙漫天、风沙走石，上学路上娃娃要么被风推着笑哈哈跑，要么堵得眯着眼吃力地踱着步，要么刮得歪斜着偏离了方向。等赶到学校，永远是一副灰头土脸的模样，一笑露出渍满灰尘的牙齿。记忆深刻的是上小学四年级时的一天下午，大家正在教室里安静地写作文，前一秒还是朗朗晴空，下一秒却变得昏黄一片，顷刻间，狂风大作，黑云翻滚，像是电视剧《西游记》中妖怪要出现的前奏，正在纳罕，白天变成了黑夜，伸手不见五指。娃娃们被从未见过的场景吓坏了，老师强压惊慌安抚着学生。大约过了十分钟，黑暗渐渐退去，又恢复了昏黄的天气。那一次，学校破天荒地用大喇叭通知家长来接娃娃回家，放学后看着别人的父母来学校接自己的孩子回家，而我的父母在我望眼欲穿中却终是不见踪影，带着几分落寞与害怕，一个人迎着怒吼的狂风走向了一片混沌……

幸好，你在

悉数起来，上小学的日子，还是最喜欢夏日，不像春季黄沙漫卷，也不像冬季寒冷漫长，最快乐的是，碰到有雨的日子，放学后沿着沟渠回家，一路可以采摘不少蘑菇，回家则可以吃上一顿母亲做的可口的蘑菇面。故每发现一簇绿草掩映下的白胖胖的蘑菇，心里总是按捺不住地狂喜，每每像是发现了新大陆，眼里闪着星光，情不自禁地欢呼着扑了上去，或跪着，或蹲着，急不可耐地采摘下并小心放到外套上。就这样一路走走停停，惊喜不断，收获不小，等回到家里，已满满当当地兜了一外套。当天吃不完的，晾晒一部分，再送左邻右舍一部分，一份小蘑菇，不仅丰富了农家的餐桌，而且传递了默默的温情。

美好的季节总是来去匆匆，秋风过，无边落木萧萧下，田野中蛙鸣、虫鸣的声音逐渐隐退。秋季是个丰收的季节，不仅农人忙，乡下娃娃也忙，此时正是勤工俭学好时节，掰玉米、挖萝卜、削萝卜、割糜子，记忆中似乎整个秋季娃娃都在东奔西跑忙着挣钱。体力劳动不仅锻炼了娃娃们的意志和耐力，同时也为学校冬季生火积攒了足够的资金。

一场秋雨一场寒，不知不觉冬已来。记忆中，寒冷的冬季，小伙伴们身穿母亲做的棉衣裤，脚踩厚棉鞋，头戴大棉帽，头顶星星，迎着凛冽的寒风，或三三两两，或成群结队地抄近路穿行于广袤的农田奔赴村部小学。虽然每天出行前母亲一再检查，到处裹得严严实实，可还是抵不过这数九寒天的冷，耳朵和手经常会生出冻疮来，经常到了夜里是又痒又疼，有时候感觉火烧火燎的，不由自主

闲置村部小学一角

用手去挠，所以经常是旧痂上结着新伤。随着天气逐渐转暖，一个个伤口结疤，耳朵随着痂打着卷儿，猛地一看以为半个耳朵没了。逢着下雪的日子，天空中飘着鹅毛大雪，无声无息，纷纷扬扬，整个世界被雪照得清亮、洁净，冬日的清晨，整个村庄仿佛蒙了一层圣洁的光，偶尔传来几声鸡鸣和狗吠，越发显得村庄宁静、安详。上学的娃娃按捺不住内心的激动，一路说笑着，打闹着，追逐着奔赴学校……

悠悠岁月，细说流年，小学光阴，不觉一别已近三十载。如今步入中年的我站在这头，隔着一条清浅的河，看着年少的我从时空深处走来，我还是那个哼着小曲、斜挎书包奔赴村部小学的毛丫头。光影重叠，时空交错，时间像改变了一切，又像未改变分毫，而我们终因生命中所有美好的光影而在时光中得到永恒。

我有一宝

一

一岁刚过，之前连站着都不稳当的你，突然，有一天竟然会走了，走得是那么从容、自信、淡定，仿佛你从来就会走似的。看着妈妈惊诧的眼神和欣喜若狂的表情，你先是一愣，而后停下，看看妈妈，发现自己竟然离开了老远，然后你被自己不可思议的壮举吓到了，撇撇嘴，委屈地哭了。原来人生的第一步，从来不在预设和想象中，时机成熟，一切自然而然，作为父母，只需静待花开。

二

一岁刚过，一次妈妈吃力地抱着你这个小胖墩从六楼下楼。起先你静静地待在妈妈怀里，而后你突然用审视和欣赏的眼光打量了下妈妈（妈妈那天正好穿着橘黄色的衣服），然后你说出来了这个世上最令妈妈怦然心动的语言：妈妈，漂亮。简短的四个字，那一刻，妈妈却是惊喜万分，要知道那会儿你刚学说话而已；那一刻，妈妈幸福得像朵花，比吃了蜜还甜。妈妈开心地说：宝宝再说。你重复，妈妈笑，你也笑，就这样两人一路走一路笑。原来，这世间所有的情话都不及你的语言优美、动听，妈妈的心被融化了。

三

你一两岁时，经常因为妈妈早晨去上班而哭得撕心裂肺，你从不听解释，似乎任何解释对你来说都是谎言。你用小手拉着妈妈不放，眼看着时间来不及，妈妈狠心丢开你，一路头也不回地狂奔下楼，妈妈怕，怕一回头便真的不想走了。听着你从六楼传来的凄厉的哭声，那一刻，妈妈觉得自己心好狠，一路悄悄抹泪。就这样纠缠了一段日子，你变乖了，你不再泪眼汪汪地看着妈妈，而是懂事地问妈妈什么时候回来，叮嘱妈妈要早点儿回来，而后不等妈妈下楼，你便飞快地爬上靠近楼门的窗户，一旦看到妈妈出了楼门便大喊妈妈，叮嘱妈妈早点儿回来，一路妈妈妈妈，一路再见再见。妈妈也一步一回头，一路向你挥手再见，直到最后的视线被遮蔽……

就这样，你趴在窗台挥手再见的小身影永远地刻在了妈妈脑海里。下班后，妈妈迫不及待地想要看到你，刚进小区大门，远远就看见你静静地趴在窗台上，你看到妈妈便欣喜若狂，开窗朝妈妈挥手大喊大叫，即使在最寒冷的冬天，奶奶依然挡不住你开窗迎接妈妈的热情。原来，那一句“妈妈”，才是这寒冬腊月里最暖的御寒神器；那挥手作别的身影，才是这寒冬腊月里最美的一抹倩影。

守　望

四

你说你喜欢雨天，喜欢淋雨。妈妈说妈妈也喜欢雨天，也喜欢淋雨。于是，下雨的日子，妈妈的大手拉着你的小手，两人欢快地漫步雨中。我们观雨、嗅雨、听雨。雨，淅淅沥沥，天潮潮，地湿湿，空气空蒙而迷幻，细细嗅嗅，清清爽爽新新，有一点儿蓊郁草木的味道。雨打在地上和树上，韵律清脆可听。我们拿着伞，却不撑伞，任凭雨儿抚慰，雨中赏花、逗蜗牛、抓虫子，穿行于小区的角角落落，做着独属于我们的“探险之旅”；我们给小区的每条巷道起好听的名字，亲子路、星光大道、秋思路……我们说着独属于我们的雨天语言。

你说你喜欢古树，于是妈妈带着你踏看中山公园的角角落落，长天路、银湖路、朔方路、秋思路，宪法广场、文化广场、银湖，毛白杨、桧柏、侧柏、国槐、云杉、刺槐、白蜡、新疆杨……我们勘察每一棵老树，了解它的前世今生。

你说你喜欢屋内摆满鲜花，于是，养不活鲜花的妈妈便与你在花盆里种上番茄、小辣椒、大蒜，看着它们冒尖、延伸、怒放、结实。你与妈妈一同采摘小区绿化带上各色地雷花种子、蒲公英种子，然后仔细地种入花盆中，看着它们蓬蓬勃勃、繁花似锦。

你说你喜欢制作各种漂亮的糕点，于是母子俩周末钻进厨房，丁零当啷，乐此不疲。菠菜、韭菜、南瓜、火龙果、樱桃……各种蔬菜和水果被我们变成天然的色素，看着五颜六色的汁液与面粉充分融合，然后经过酵母的作用鼓胀、蓬松，这真是一场美妙的神奇之旅。我们制作可爱的小动物、争奇斗艳的花朵，使寒冷萧瑟的冬日在我们的手下变得春意盎然、妙趣横生。

冬日慢时光

我的奶奶

自从妈妈生病，这一年，家中多有变故，品尝了人情冷暖，感慨中不由得想起奶奶在的时光。记忆中，那些年，一大家人，簇拥在奶奶的周围，听着奶奶说说笑笑，一大家人相亲相爱，生活虽然充满艰辛，但是总能互相扶持，生活处处充满温情。岁月如梭，如今，不觉间，奶奶已作古二十年。

奶奶一生育有十个子女，六男四女。二十世纪五六十年代，对于农村妇女，生育是一件由不得自己且痛苦的事情，年复一年繁重的生产劳动和生育劳动，使得她们过早衰老，打自己记事起，奶奶就是个老太太的模样，只是随着时间的推移，模样更老而已。奶奶的十个孩子中，有两个夭折，一个送人，这些事情都是小时候夜晚与奶奶同炕睡的时候听到的。那些年的夜晚，夜出奇的宁静与安详，没有电视，没有手机，我、姐姐们、奶奶睡在一个大炕上，如水的夜光透过窗户照进屋子，照得炕上的一排人热热闹闹。临睡的时候，奶奶会絮絮叨叨地讲起自己的故事来，只是，听着她的故事，更像是听别人的故事。

奶奶有一个女儿，活到了八九岁。那个年代物资本匮乏，庄稼人的生活更是举步维艰，人常常吃不饱、穿不暖，不仅大人要为一家人吃饭操劳，懂事的孩子也要为家庭分忧。夏日，麦收后，奶奶的三女儿每天和哥哥姐姐早出晚归跟着村子里的大牛车去广袤的麦地捡拾生产队麦收后落下的麦穗，只是有一次，本来一篮子麦穗刚装满，可是大牛车要赶在天黑之前回到生产队，因为走得太急，颠簸中，姑姑为保护麦穗，从刚爬上去的大牛车上摔了下去，当场被碾轧致死。后来，奶奶疯了，常常在大雨倾盆中，深夜里，跑到黑乎乎的麦地，大声呼喊自己孩子的名字。就这样疯疯癫癫了几年，后来，奶奶才慢慢回过神来。

奶奶的另一个孩子是在一岁多时夭折的，这是一个男孩，听奶奶说，这个孩子是所有男孩中长相最俊俏、最聪明伶俐的一个。可在困苦的年代，生活在给人繁重的体力劳作之外，还要抽人的心肝，奶奶的孩子一岁多时，因为白天大人和大点儿的孩子都要下地劳动，家中无人照看，孩子太渴，爬到了大土灶台上，结果掉进了水中……三伏天，奶奶的孩子因为烫伤发炎，但那个年代本来缺医少药，对于穷苦人家，病了能否熬得过，能否活得久，全在命。对，是命，奶奶躺在炕上，这样平静地告诉我们。后来，奶奶最机灵的孩子死在了奶奶的怀里。我不知道用怎样的语言来形容自己此刻的心情，泪水像断了线的珠子，书稿早已被打湿……如今，同样作为母亲，我体会到的只是撕心裂肺的痛，这种痛，令人窒息。奶奶的又一个孩子没了，奶奶，又疯了。这一次，爷爷由不得奶奶胡闹，爷爷打了奶奶，狠狠地抽了奶奶，一大家子人都等着吃饭。爷爷从小是孤儿，没有兄弟姐妹可以依靠，万事只能靠自己。慢慢地，奶奶回转了过来。

日子在闷声中静悄悄地流逝，生活虽苦，但是有家人，就有希望。奶奶的一个妹妹嫁与他人，因为不能生养，受尽了屈辱与白眼，为了苦命的妹妹，奶奶和爷爷商量，忍痛将自己养到六七岁的一个男孩送给妹妹。后来，听爸爸说，因为奶奶这个孩子已经记事，所以起初送人后孩子常常独自步行四五公里路赶天黑前回到家，后来奶奶打了他，不准他再回家，孩子哇哇哭喊，这么几次后，就真的不再回来了。

奶奶性格坚韧，一如困难年代救过多少人命的苦苦菜，挖完一茬又一茬，依然坚挺地立于烈日下。奶奶四十岁刚出头，当了几年队长的爷爷，因为带领队上老少爷们开荒种地，长年的繁重劳作导致积累成疾，没了。这个时候，奶奶没有哭，安葬毕爷爷，带领全部孩子接续耕种爷爷垦下的土地，因为，她坚信：无论受怎样的挫折和打击，都要咬着牙挺住，只要肯下苦，日子总不会太坏。就像最初从别处逃荒到这里的爷爷，从一路讨饭到拥有属于自己的沃土，生活总在苦中按照自己的付出一点点展开宏图。

有妈在，锅台和炕头永远是热乎的，日子总能过得下去。后来，奶奶的孩子逐渐长大，陆续成家，有了属于自己的家庭。奶奶在，奶奶就是这个大家庭的天，是这个大家庭的地，儿子儿媳、女儿女婿、孙子孙女、外孙外孙女，经常喜欢簇拥在奶奶的周围，听着奶奶说说笑笑，讲起那些古老的传说……

那时节，过年前，奶奶带着众儿媳、女儿、孙女、外孙女开始了年前的忙碌。寅时，从热炕头拿出发酵好的面，使碱、看色、和面……奶奶一一过目，随时指点。众儿媳和面，女儿孙女们搓麻花、做油饼、做花馍。任何麻花、花馍，经过奶奶的手，登时有棱有角、小巧玲珑。我常常凑到姑姑和姐姐们的跟前，照着她们的样子，忙着又搓又揉，常常满头大汗可还是弄不出那些惹人爱的模样来，在奶奶的几次调教后慢慢上了手，只是偶尔还是会失败，常常在我不经意间，奶奶呼的一个巴掌过来打在我的手上，严厉地呵斥我重新做，这时，在大家的笑声中，我低着头，灰溜溜地继续捣鼓我的手艺。逐渐的，我搓麻花和做花馍的手艺也渐成气候，总算跻身“武林高手”。

年到了，爆竹响，炉火旺，炕头热，饭菜香，炕上，地下，家人密密麻麻地围绕着奶奶有说有笑，计划着来年的光阴。年，在嬉笑声中，在爆竹声中，在沸腾的水声中，在飘香的食物中……一点点升腾，开花，而奶奶就是那个对联中的红。

花 馍

奶奶的教诲

还记得小时候那些电闪雷鸣、雷雨交加的夜晚，闪电照得夜如白昼、雷鸣如天塌地陷、暴雨如飞流瀑布，奶奶和孙女，两代人，静静地躺在炕上，凝神屏息，我一动不敢动，待到这震颤人心的自然之音深入人的骨髓之时，奶奶便在这一阵高过一阵的隆隆雷声中，和着雷公、电母、雨神的节奏，音调时高时低，语速时急时缓地说：哎，天呐，有人干坏事了，老天爷发怒了，要来抓坏人了。不积善行德，坏人的报应来了……

闪电透过窗户，映得奶奶的脸格外清晰，奶奶的脸似乎也与这闪电一样发着幽深的光。闪电灭，四周又陷入黑暗，正是在那些黑白交替的夜晚，在大自然的严厉威慑下，在奶奶的声声告诫中，存好心、说好话、行好事、做好人的观念深入我心。

奶奶不仅这样告诫晚辈，同时身体力行。记得一年夏天，村里来了一波操着外地口音的艺人，敲着梆子挨家挨户通知晚上有杂技表演。从未看过杂技表演的乡亲们，晚上扶老携幼前往观看。只见男男女女、老老少少十几人，自称来自河南，因家乡发大水遭了灾，庄稼颗粒无收，被迫出来讨饭吃，希望乡亲们看过表演后能赏口饭吃。接着他们开始了令人心惊肉跳的表演，有吞钢筋的老汉，有躺在地上敞着肚皮身上压着巨石的汉子，有用砖块砸头的小孩，有先让旁人使自己胳膊脱了臼，后哭喊着忍痛接上的……乡亲们越看越觉得不对劲，起先的新鲜感一扫而过，人群中开始骚动起来，有喊喊喳喳的，有眼圈发红的，有偷偷抹泪的，有小声抽泣的。奶奶站在人群中，边抹泪边不住念叨着："哎，大人娃娃都遭罪了，尤其是娃娃，这么小，爹娘怎么忍心，太受罪了……"终于，村长站出来说，都是庄户人家，没有什么好的，但粗茶淡饭总能管大家饱，伤害大人娃娃身体的表演都不要再演了。四周的乡亲们都异口同声地呼应着。于是，大家自愿认领，三三两两的艺人被大家领回了家。奶奶也认领了两三位女艺人，等到家中，拿出仅有的好吃食，让她们吃饱喝好；铺上干净的被褥，让她们好好休息。那时节，大部分农人过得清贫，但奶奶仍然这么好生招待了两日。艺人临行前，奶奶为她们备好干粮，又送了一些麦子，含着泪送她们离开了庄子。后来，常听奶奶说起，都是庄稼人、穷苦人，谁都有遭灾遭难的时候，人心都是肉长的，该帮人时就要帮。

记忆中，那时节，村子里讨饭的人的确多，大部分是胸前挂个面袋子要粮的，也有要饭吃的。记得只要家中来了讨饭的，奶奶从不像村里有些人闭门不开或者嘴上混骂一顿赶走，要粮的给粮，要饭的给饭。虽然奶奶中年丧夫，一个人扛起一片天，拉扯大七个孩子，生活并不易，但对穷苦人从来都怀着悲悯之心、慈善之心，得帮人时且帮人。人生海海，谁人不曾有过举步维艰，但行好事，不求尽如人意，但求问心无愧。

对儿孙，奶奶向来要求严格。小时候，过年前庄户人家里都要炸馍，不仅用于过年吃，还要备下春耕干活时的口粮，所以，每次炸馍都是盛况空前，左邻右舍、嫁出去的女儿、儿媳、孙女全部搭手，一家炸馍几家帮、几天忙。和面、使碱、看色、揉面、搓麻花、做花馍……奶奶一一过目，随时指点。媳妇女儿和面，不能做到手光、面光、盆光的，一律罚到手腕发麻才停止和面。孙女做花馍，不能做到赏心悦目的，常常在不经意间一个巴掌呼啸而来，吓得我一激灵，泪眼汪汪地重新来过。可正是在这种近乎苛刻的要求下，我们最终都成了别人眼中的手艺人。

麻　花

如今，奶奶作古已二十年，在这如水的流年中，世事虽多有所变，人情或暖或冷，道路或平坦或坎坷，每每行事，奶奶的那句“存好心、说好话、行好事、做好人”的话语常萦绕脑海。行好事，不求回报；严于律己，宽以待人，把善良当成优良的家风，以身作则，言传身教，教育子女，传于后世。人生在世，不求尽如人意，只希望经过岁月的洗礼后，依然能遇到那个善良如初的自己。

小三姐

小三姐是二爹的姑娘，因为在家中排行老三，于是家人便称呼小三。小三姐年长我三岁，初中没毕业便辍学了。虽然学习时总不得要领，可却是我们八个堂姐妹中最心灵手巧的，学什么会什么，一点即通，因为在众堂姐妹中排行老七，因此被家人又称为“七仙女”。

记得小的时候，每逢过年前家里都要炸馍馍，每当这时，我都十分开心。奶奶领着众孙女齐聚一堂，大家争先恐后地抢学奶奶搓麻花的手艺，可要学到奶奶那炉火纯青的手艺谈何容易！众姐妹中偏偏小三姐能行，她不仅得到奶奶的真传，技艺甚至更胜一筹，她搓出的麻花，不仅整齐匀称、小巧精致，令人赏心悦目，而且速度奇快，别人刚搓好一个，她两个已结束，为此得到了奶奶少有的称赞，大家更是交口称赞。看到此情此景，当时最属我心急，可越心急手下越无章法，搓出的麻花一个不如一个，以致常常背地里偷偷抹泪。

在我的眼中，那时的小三姐似乎样样都行。她做的布娃娃，针线细密，模样乖巧，周围的女娃娃们没有一个人能比得上，再搭配上她给布娃娃做的各色漂亮花衣裳，有衣服、裤子、毛衣、毛裙、旗袍，更是令大家啧啧称赞，常令我羡慕不已。小三姐还是家里做饭的能手，虽然那时仅是十来岁的娃娃，但农人孩子早当家，早早便学会了做饭。那时农人饭桌食材简单，但怎么让简单的食材经过自己的烹饪变得色味俱佳，是许多农妇、姑娘绞尽脑汁追求的目标。同样的胡麻油、同样的油盐醋、同样的辣椒……经过小三姐的烹饪，简单的素汤面、胡麻油辣椒拌面等，人还未进门，站在院子老远便能闻到，虽然自己刚打家里吃过饭，可这诱人的饭香总是撩拨得人忍不住进屋看看，看看小三姐又在做甚，不觉间已是口齿生津。

可能受家族遗传影响，小三姐和我从小都酷爱画画，虽然无人指点，但画什么像什么，尤其是小三姐，画人物一绝，至少在当时我是这样认为的。那时电视剧《新白娘子传奇》正风靡于大街小巷，大家都被白娘子的饰演者赵雅芝迷得神魂颠倒，于是我和小三姐比着画“白娘子”“兔子精”。半截子铅笔、一张纸，两个人各占据大方桌一角比着画。画龙贵在点睛，画人也同样。每次画人物肖像，我都输在人物眼睛上，而小三姐笔下的美人，常常是眼若春水，含情脉脉，明眸皓齿，巧笑倩兮，美不胜收。经过比对发现，原来自己从来败在人物眼神上。

欢乐的时候总是令人回味无穷，记得我八九岁，家人在河滩种了啤酒大麦，因为连日降雨，河水上涨，不等庄稼收获，河水已经快把庄稼淹没了，为了抢救一年的辛苦付出，爸爸开车拉着我、妈妈、小三姐等一起奔赴河滩，我们高挽裤管，划着小船，有说有笑，在河水中打捞啤酒大麦。干完活后，我、小三姐等又去上涨的水边找寻贝壳，结果不只寻到了漂亮贝壳，而且在水中捞到了大大小小各色鸟雀蛋，我至今还保存着那些漂亮的大贝壳，每当看到这些贝壳，就回想起和小三姐在一起的快乐时光。

也许是年龄差距小，小三姐不但是我的好姐姐，同时也是我的知己。放了学，我俩便时时刻刻在一起，只要你听到那窗下时而呢喃的低语，时而银铃般的笑声，那一定就是我们了。那时，没有谁像小三姐一样与我这么心贴着心。还记得那些月朗星稀的夏夜，村子是如此的安静，我和小三姐坐在二爹土房子旁高高垒起的木头堆上，一起仰望浩瀚的星空，满天星星犹如天界的灯，闪闪烁烁，像颗颗宝石镶嵌在深邃的夜空，给人以无限的遐想。夜静得出奇，似乎能听到呼吸的声音。白天灼人的热浪躲得无影无

天街的灯亮了

踪，留下的是凉爽与舒适。姐妹俩一起数星星，一起看流星雨，一起许愿，累了，便对着辽阔的天空放声歌唱，那歌声似能穿透夏夜，传向银河，是那么的悠远、安详、静谧……

漫漫人生路，几度风霜雪。后来，为了挣脱所有农村女孩的宿命，为了心中那星星点点的希望，小三姐先后三次离家到外面的大城市打工。我知道她像所有的少女一样，为自己编织了七彩的未来，她向往外面的世界，向往广阔的天地，可偏偏时运不佳，每次都是因为生病而不得不放弃梦想，慢慢地，家人也厌倦了她的请求，无情的命运令她的心也生了暗尘，她不再为改变自己的命运而挣扎，而是像更多的农村姑娘一样等待命运的安排。以后的日子一直显得平淡无奇，每当我从学校回来，小三姐都会迫不及待地找我聊天。每当这时，她兴奋得像只鸟儿，叽叽喳喳，而当我要去上学时，她只好默默离开，看着她离去的背影，是那么的孤独、寂寞。

梅英疏淡，冰澌溶泄，无情的东风暗换年华，世事的变迁终不因人的喜怒哀乐而改变。小三姐很快便嫁人了，从认识到结婚，仅仅一个月，这样的事实逼得我几乎透不过气。家中的姐姐们一个个离我而去，如今最体己的人儿也要离开我了，日子越发显得冷清。后来小三姐有了自己的小孩，日子虽然一直清贫，但一家人彼此扶持、互相关爱，家庭也算美满。

后来，一路求学、工作、成家、养家的路程使得我与小三姐的距离越来越远，彼此见面的机会也越来越少，可只要碰面，那种亲切的感觉依然如故，虽然彼此的生活环境差异很大，但是并不影响两人心间的默契。世事无常，她的人生也是几遭变故，每每听到，心都是一揪一揪的。童年的回忆总是如此美好，现世有时却是如此的无奈，唯愿大家一切安好。

命　姐

命，什么是命？是天命，是命数，还是因果？从小听到的最多的词语大概就是这个“命”了，虽然当时小小的我不知道什么是命，只是通过大人的言谈与神情，我读到了些许的无奈与无限的遗憾。可就是这样一个意味深长的词，却是大姐的小名。命姐是大爹的长女，是奶奶的长孙女，是我们的长姐。如果用一句话来形容命姐的一生，那就是来去皆是命，一生为了爱情飞蛾扑火，尽情绽放，直至生命的尽头。

关于命姐的故事，许多都是若干年后，通过家人的言谈一点点拼凑出来的。命姐只比小姑小不到一岁，自幼体弱多病，许多次差点夭折，就在家人觉得难以养大的时候，一次家中来了一个算命先生，掐指一算，此孩取名“命”方能永葆平安，从此，命姐的小名就这样叫开了。只是多年之后我总是奇怪，命姐虽然活过幼年、童年，及至成家生子便命殒黄泉，生如夏花，却一生短暂，为何不取名“长命”？小小的我也曾反问家人，只是他们无限悔恨，却感慨万般皆是命，半点不由人。

记忆中命姐爱说爱笑，时常未见其人先闻其声，远远就听见她在院外喊爸爸妈妈；一进门，未及说事，又先自顾自呵呵笑笑；说起事来，总是神采飞扬，边叙边说。因为与命姐有十四五岁的年龄差距，所以，在我的意识中，命姐更像是家中长辈，时常是她和父母说事，我在旁静静地看着、听着。在家里的女孩中，命姐的样貌算不得出众，个头高挑，颧骨高凸，更显得身子单薄。那个年代，女性时兴织毛衣，旁人时常会从大人小孩身上的毛衣来判断女主是否体勤手巧，是否会过日子。所以，只要有机会，常常看到母亲饶有兴致地围着命姐，请教她如何织出花样更多、更洋气的毛衣来，这时命姐总是耐心地手把手地教母亲，当遇到难处，会格外叮嘱两句，并且来回多织几遍，直到教会母亲的那一刻。这时候，母亲如梦初醒地“哦”了一声，命姐才满意地笑笑。听母亲说过，命姐不仅会织各种样式的毛衣，而且织毛衣的速度也是一流。曾经有人统计过，织一件大人的毛衣，最快也要在一周左右才能完成，可是命姐却只用了三天时间。我不曾见过她织毛衣时的样子，只是可以想见，如此繁复琐碎与考验耐心的活计，她该是如何的不眠不休、点灯熬油，及至一件毛衣诞生，那又该是一件多么如释重负的事情。因为命姐手巧，又热心，常常有人寻来帮忙织毛衣，就这样，一件件时髦的毛衣都穿在了别人的身上。

命姐未初中毕业便辍学，帮家里干过农活，帮三爹看过招待所，后来十几岁又远离家人承包果园种起果树来。我不知道一个十几岁的姑娘如何在外孤独地侍弄果树，只是晓得，因为她很怕老鼠，而那个年代又是老鼠横行肆虐的时候，故她常常被老鼠吓得魂不附体，后来又因感冒，故逐渐落下了心脏病的病根。后来，听大人说她恋爱了，是自己一眼便相中的对象，因为男方家离我们远，多有担心照顾不周，故家人反对，可兜兜转转，奈何命姐执意自己的选择，最终促成了这段姻缘。

记忆深处，命姐结婚那天，张灯结彩，喜气洋洋，她一身鲜亮的红衣，棉袄上的金丝线在阳光的照耀下闪闪发光；头发高高盘起，上插几朵鲜艳的假花，走起路来，花枝乱颤；两腮绯红，不胜娇羞，笑意盈盈。我想，这大概就是女孩嫁给爱情的模样吧，虽历经万般艰辛，最终坚定地选择了初见时的一见倾心，不管对方是贫穷还是富贵，认定你是我的良人，便要将这一生交付于你。吉时到，大妈红着眼给女儿披上红盖头，众人簇拥着新娘上了婚车。

还记得那天，不被邀请送亲的弟弟，哭喊着追向喜气洋洋的送亲车队，最终，车停了，弟弟成功地上了车，而我则站在原地默默地流泪……

后来，断断续续听家人说起，不过日子不知柴米油盐的重要，命姐时常因为家里缺油少盐、缺称手的农具而发愁，虽然娘家时有帮衬，可奈何山高路远，隔着一条天堑（黄河），所以支援总是未及时。让命姐心悸的是，婆婆少言寡语，偶尔说出一句话又尖酸刻薄，要么在夜深人静之时，一身素衣，悄悄扒开门缝，蓦然回首，命姐时常被那幽深的眼神吓得失魂落魄。命姐为此悄悄说与丈夫，可终是没有下文。后来听说命姐怀孕了，日子过得更加艰难，但是到底有多难，未可知。

最后一次记忆是在命姐弥留之际，至今难忘那一天，天地昏沉，时空凝滞，寒鸦凄切，夜猫子惨叫。常听大人说，人之将去，飞鸟有感应，这是一种不好的预兆。虽然二爹不时拿着石头砸向那些可恶的“哭鸟”，可转头它们又盘旋而来，对着奶奶的屋子惨叫不止。这时家人都在奶奶的屋子，怀着沉重的心情看着命姐，大爹悲苦地抱着脸色蜡黄的女儿。起初命姐说肚子很痛，锥心刺骨般的痛，只是眼睛仍不时地瞅向门口，大家都知道她在等，等她一生为之倾尽所有的良人。为了爱情，命姐不顾家人的劝阻，执意嫁给他，婚后在生活的磨难下身体每况愈下，偏偏在这个时候又发现一个小生命安营扎寨，虽然医生一再警告命姐，生育的后果不可想象，可她念他、爱他，就算飞蛾扑火，也要为他在这世间留下一丝血脉。家人哭泣，奈何她主意已定，冒着生命危险，为他生下一子，身体本弱加上生育时大出血，导致生命日见枯萎。我不知道他是否给过她爱，但是他的确给不了她基本的物质条件，从生育到看病，命姐一直在娘家。他很忙，忙着种地，忙着料理家务，忙着看护老母，来看命姐的次数屈指可数……渐渐的，命姐不再喊肚子痛，她眼神涣散，气若游丝，此时大妈满脸泪水地抱来仅有几个月的孩儿，命姐充满无限怜爱与无奈，拼尽全力喊了一声“孩子”，叹口气，从此不省人事……还记得那天，凄厉的哭喊声铺天盖地，撕心裂肺，铭记于心。命姐时年二十四岁。

二十四岁，是一个女孩多么美好的年龄，花信年华，唯美曼妙，巧笑倩兮，本该是那万绿丛中一点红。我不知道命姐生命最后一刻是否有悔，是否有恨，或许，道旁杨柳依依，千丝万缕，虽抵不过万般愁绪，无处诉，只是缘尽今生，此身已轻许，只望他莫忘，每逢佳节坟头把酒话相思？美好存于心间，留有一丝念想，此生无憾！只是，时隔不久，他再娶，孩子从小与外公生活，蓦然回首，曾经沧海。

可爱的小表弟

小姑的儿子小时候长得粉雕玉琢，像个小团子，呆萌可爱、机灵鬼怪，周围十个娃娃不及他一个，人见人爱，都要抢着抱抱。

记得有次小姑带着女儿和三四岁的儿子来我家，正在大家有说有笑地吃着晚饭时，小姑的儿子腾的一下从饭桌旁站了起来，像是突然想起了什么，又像是有什么重要的事情要宣布，他对正愣怔的我说："姐姐，红灯笼亮了，又大又圆又红的大灯笼亮了，走，看走。"咦，什么红灯笼呀？大家被弄得丈二和尚摸不着头脑，每人都是一脸蒙圈。"走，姐姐领我走。"没办法，我只好放下碗筷，拉着弟弟的小手，按着他的指引朝门外走去。我倒是想看看，这个令他心心念念的大红灯笼到底长什么样。走出门，他着急地把我拉到院中一处开阔的地方，然后向西边指着那快要落山的大太阳，呵，还真是又圆又大又红的“大灯笼”，这时我才如梦初醒。弟弟在一旁笑嘻嘻地说：“姐姐，快看，那个红灯笼真好看！姐姐，把我抱高高，我要看得更清楚。”我轻轻将他抱起，笑笑对他说：“那是太阳，不是红灯笼。”“嘻嘻。”他欢喜得不住拍着手，几乎看得入了迷。沐浴在落日的余晖中，这时我越看弟弟越可爱，对着他那又红又大又圆的“大灯笼”深深地亲了他的小脸蛋。

还有一件事情发生在二爹的大女子小英出嫁的当天。这天小姑的儿子是压轿孩。堂姐的婚礼热热闹闹地举办了一天，当天下午送亲队伍打道回府时，姑姑的小儿却哭闹不止，生拉硬拽就是不回。众人七嘴八舌，这到底是为什么呀？经过一番思想斗争，他这才哽咽道：“我们把小英姐丢下了，小英姐一个人在这里会哭的。”大人们一下被孩子的话逗笑了，有摸摸小脑袋的，有擦泪抹鼻涕的，有亲亲小脸蛋的，都说小儿伶俐无比。哪料家人怎么劝也不行，非要新娘跟着一起回。众人无法，小英姐只好对小表弟说：“乖乖，你先坐车回，姐姐等会再坐车回。”听了姐姐的话，小表弟这才眼巴巴地抹着泪上车回了家。

一年，外地歌剧团来县电影院表演《当兵的人》，自打看了演出，四五岁的小表弟就非要穿迷彩服，说他也要当兵，还要求小姑给自己画红脸蛋。因为当时姑父在影院工作，小表弟得以时常在影院四处逛逛。歌剧团的团长对小表弟是说不出的欢喜，多次笑称想把小表弟带走。一天下午，小表弟突然莫名其妙地失踪了，这可吓坏了全家人，心里疑惑是不是被歌舞团人拐跑了，火急火燎四处找寻，一直到天擦黑，小表弟却欢天喜地地自个回来了，小姑是又急又欢喜，吼道：去哪野了，全家人急死了？小表弟一看这阵势，委屈地说屋后邻居哥哥一家要搬走了，哥哥说舍不得他，邀请他一起去照相馆拍照留念。大家一听，又心疼地笑了。

我的中学政治老师

我上初三那会，班里来了位杨老师，听说是学校返聘的老教师，教我们政治。那时，在大部分学生的意识中，政治课是副课，就像音体美一样，可有可无，尤其中考政治是开卷考试，大家更是松松垮垮。可是，自从老杨同志来后，一切都变了，我们的课堂既严肃又活泼，既充满惊险又寓教于乐。对政治从不上心，甚至有些排斥的我，竟然悄悄地爱上了政治课。

说起杨老师，也算渊源深厚，听父亲说也是他曾经的中学政治老师，这样，感情上总觉得更近了一步。

还记得第一堂政治课铃响前，老杨同志手拎政治书，昂首挺胸，迈着大八字步，笑眯眯地穿过满是学生的楼道，径直走向初三三班。老杨同志那自信满满、踌躇满志的样子，与我对老教师起初的认识大相径庭。第一堂课，大家便领教了老杨的威风，老杨说：第一条，他的政治课，有谁胆敢不认真听课，请自觉出去；第二条，以后每堂课前他会提五个以内的问题，有谁回答不上来，请自觉上交罚款，题型不同罚款金额不同；第三条，有谁不服，请当堂指出，不要交头接耳，窃窃私语。老杨同志讲课，全程方言土语，声音时高时低，语速忽快忽慢，卓越的手势搭配着那丰富的表情，使得他的语言具有十足的穿透力，不怒而自威，绵里似乎又藏着针，同学们一下都愣怔了，教室里一时鸦雀无声。

课堂，老杨不照本宣科，喜欢用生活中具体的事例加深学生对知识点的理解。他所举的事例，有时让学生捧腹大笑，有时学生想笑而不敢笑，比如，当讲到商品的使用价值时，老杨说，我买了一个盆，我想和面就和面，想当尿盆就当尿盆，我爱怎么用就怎么用，充分发挥它的使用价值。事例是俗了点，可是真的达到了寓教于乐的效果，同学们一下子印象深刻，并且深刻地了解了知识点。

老杨的粉笔字也很有特点，他常常说到激动处，一转身便在黑板上笔走龙蛇、一气呵成，观之若脱缰骏马腾空而来，绝尘而去。运笔潇洒自如，令人惊叹。因为年岁已大，一堂课喋喋不休对人毕竟是一种消耗，为此老杨经常说得唾沫星飞溅，前排的同学却是一动不敢动，仰着脑袋，一副认真听课的样子。有时一激动，老杨手势力度过大，不小心打飞粉笔盒，大家想笑而不敢笑，硬生生地憋了回去。

老杨的话是“圣旨”，照办，有好处，其一，上课不丢脸；其二，有糖果吃；其三，对考试有好处。老杨的话，听不进去或者听得一知半解，或者脑瓜儿不太灵光的，或者心理素质不大好的，全在课前提问时原形毕露。老杨说，课前提问，罚款不是目的，罚款是为了督促大家学习。罚款全部用于购买水果糖，课下悉数分发小组其他成员。老杨说到做到。为此，当其他班同学课下嬉戏打闹的时候，我们班同学却在铆足劲背诵。可是，不怕一万，就怕万一，为有备无患，每次上政治课前，我的兜里都会偷偷地备点钱。其实，学生回答不上来问题，老师比学生还急。记得有次点到一名同学，因为此同学说话本结巴，加之紧张过度，一段话被硬生生切割成几个词，每个词还要重复上几遍，只见老杨同志在讲台上抓耳挠腮、搓手跺脚，跟着那同学的口形几欲张口提示，最终在同学的吭吭哧哧中缴械投降。老杨同志捶胸顿足，一副恨铁不成钢的样子，痛惜，痛惜，还是罚了那同学五元钱，叫他此后记住这道题。老杨常开玩笑，他教我们早已将生死置之度外，他什么都不怕，自己已经上了人身保险。老杨这是亮出了最后的撒手锏，是啊，他什么都不怕，就怕我们不会做题。

很幸运，中考，我们班大部分同学成绩很棒，当然政治成绩也很棒，那年我们班大部分同学分到了高中重点班；很荣幸，高一的政治课依然是老杨同志带我们，因为彼此有了默契，我的政治课成绩一直在班里名列前茅，尤记得当初的学霸高霞同学有时政治成绩未必有我高，这更激发了我当时学习政治的浓厚兴趣。高一下学期，有段时间，老杨突然不来上课了，这让我委实焦虑，后来才得知，老杨病了，是啊，毕竟年龄不饶人。好在，后面他又来了，就这样坚持到了高二，老杨彻底不来了，听说老杨彻底退休了，随后有段时间，我常常长吁短叹，若有所失。走在大街上，到处寻老杨的影子，希望能邂逅老杨。每当上政治课，我的脑海中就会闪现老杨的一颦一笑，是那么的亲切，那么的可敬，我发现，从最初的排斥，如今，老杨已经不知不觉间走入了我的心间，是那么暖，那么的慈祥，像是一位可亲可爱的老爷爷，人生得遇此师，幸哉！

2023 年，我们高中毕业便整整二十年了，算起来，老杨已过耄耋之年，二十年未见，不知道老杨一切安好？祝福老杨寿比南山不老松，福如东海长流水。

蹚河救粮

一日，翻看自己珍藏了近三十载的一沓日记，读到了一篇记录于1995年的日记，主要讲述了一家人蹚河抢救庄稼的经过。虽然事隔几十载，读来却恍如昨日事，一幕幕往事浮现眼前，不禁令人唏嘘，那时的农民真的不易！“锄禾日当午，汗滴禾下土。谁知盘中餐，粒粒皆辛苦。”“一粥一饭，当思来处不易；半丝半缕，恒念物力维艰。”每分每角钱，真正是农人用汗珠子砸出来的。

1990年初，父亲、二爹靠着农人吃苦耐劳、踏实勤快的品质，经过两年多时间，一锹一锹地在河滩平整出了二十多亩荒地。起先种过水稻，等荒地被河水泡醒后，隔年倒茬种植了油葵。

油葵，是主要的油料作物，油葵子提取出的油脂，可

最是葵花向阳时

榨出低胆固醇的高级食用葵花油。春天，一家人用农具一行又行，在蜿蜒近一公里的田地，一粒粒种下了油葵子。夏日，田野里一片黄澄澄、金灿灿，流光溢彩，耀眼夺目。叶如蒲扇风清摇，朵朵金盘向阳开。夕阳西下，落日熔金，远山如黛，波光粼粼，鸥鹭翔集，更衬托出葵花的清新脱俗。经过一夏的酝酿，不觉间，春油葵便到了收获的季节。看着收获的油葵子一袋袋排满田地，心中欢喜自不必多言。

哪料，马上颗粒归仓，一夜间，河水暴涨，淹没了临河的几亩田地，通向地头的唯一通道也被河水吞噬，眼望辛苦付之东流、功亏一篑，千钧一发之际，父亲决定，人背肩扛蹚河运送油葵子。于是，全家总动员，叔叔婶婶、哥哥姐姐齐上阵，全部跳入湍急的河流中，像传送接力棒一样，一袋又一袋搬运粮食。父亲一再强调，走路要慢，站立要稳；宁可人倒河，不可粮入水。当时年少的我，不懂情况的紧迫，直觉扛物蹚河定是其乐无穷。看着大人们列队站在河中吃力地传送油葵子，河流滚滚而去，激流不时打着旋儿，站在岸边的我被此等壮举深深震撼，只觉四肢百骸打着颤颤。然后跟着姐姐们毅然决然地跳入河中，东摇西摆地半袋半袋传送。虽然父亲千叮咛万嘱咐，可性急的弟弟急于上岸，一个趔趄跌倒河中，大人赶紧扶起，小半袋油葵子已是无影无踪……

如今，我靠笔杆子养家糊口已有十余载，脱离农村生活已多年，回想起这一幕，依然深受震撼。若令我再受同样的苦，已觉是天方夜谭，万万受不下，吃不消了。时过境迁，吃苦的内容和形式早已发生了转变，只是吃苦的品质不变。

小时直觉农活苦，后来才知做好任何一件事，皆要付出十倍的努力。“宝剑锋从磨砺出，梅花香自苦寒来。”“千淘万漉虽辛苦，吹尽狂沙始到金。”谁也不可能随随便便成功。

暴风雨前后的打麦场

最近几日的天气总是变幻莫测，一会儿烈日炎炎，一会儿乌云压顶，一会儿雷声隆隆，一会儿狂风大作，一会儿飞雨如瀑。此时正值夏季农忙时节，这不，下午正在打麦场忙碌的农人又被猝不及防的雨淋了一个透心凉。

下午全家人在打麦场打胡麻，刚开始天空还是万里无云，烈日当空照，干活的人汗流浃背，不知道何时飘来了几大片云彩，天空一会儿阴、一会儿晴，近千平方米的打麦场一会儿这儿阴、那儿晴，一会儿那里晴、这里阴。

等到爸爸扬胡麻的时候，一会儿刮南风，一会儿刮东风，一会儿又刮北风，风向不定，爸爸焦急加恼火，我们也跟着焦急，却是一丁点儿办法没有。我们在爸爸的指挥下，将胡麻都装好袋，准备拉到打麦场另一处更开阔的地带试着扬场。这时天虽然是阴的，但也只是被那么几大片阴云遮住了太阳，不承想，刚把装好袋的胡麻都运送到场地另一处倒出来，还没有扬两下，东面乌云密布，滚滚而来，雷声轰鸣，顷刻间，狂风四起，飞沙走石，打麦场一片混沌，刮得人睁不开眼睛。

不好啦，大雨要来啦！晾晒场上的农人见状顿时心头一紧，到处是忙碌的身影和凌乱的脚步，有用大扫帚快速扫拢粮食的，有拿簸箕铲粮食装袋的，有用方头锹铲粮食

荒芜多年的打麦场

的，有撑粮袋的，有扎袋口的，有抱干柴草的，拖拉机发出怒吼般的突突声……没过几分钟，豆大的雨点砸到地面上，发出啪啪的声响，打麦场上的人更是乱作一团。

瞬间，大雨倾盆，有婆姨发出尖叫声，有汉子发出严厉的催促声。人们来不及避雨，在瓢泼大雨中接着抢收粮食。我浑身被雨点打得发麻，浑身湿淋淋，只觉一股透心凉直往身体里钻，却是没有一点喘息的时间。爸爸在大雨中，和着轰隆隆的雷声，伴着惊心的闪电，一个劲地大喊我们手脚放快，全家人更是焦心。好在抢救及时，家人一会儿便在大雨中把该装袋的装袋，并用拖拉机运到了避雨处，来不及装袋的已用厚厚的麦柴遮严实了。我家的胡麻总算是脱险了。

抬头再看时，才发现仍有少数人在雨中忙碌。妈妈让我和弟弟赶紧去避雨，自己则跑去帮助仍在雷雨中奋战的人们。不等打麦场上的人完全收工，渐渐的，雨点小了，雷声也渐行渐远。慢慢地，太阳公公又露出了笑脸，这时人们不禁发出唏嘘，也有站着骂天的汉子。看着被雨水浸泡的打麦场，活是没法再干了，人们只好收拾起最后的粮食，扛上车，拉回家，等待打麦场被晒干。这时孩子们都欢呼着，终于可以回家休息了！

岁月留香

稻花香里

此去经年，时光很美，时光中的我们亦很美，就让我们在这段静谧的时光里，寻找一份属于自己的安详，一半素心清简，一半寂静清欢，浅浅喜，静静爱，与时光，与流年，与自己，落落为安，纤尘不染。

春夏秋冬，走过繁华，四季辗转，微风徐来，吹起书页，素笺滑落，让尘封在书卷里的往事，沾染了潮湿的气息，悠悠泛上心头。侧耳聆听，时光深处，如此静谧；我们，如此悠然。处处浸满风月的美、缭绕着鸥鹭的歌、弥漫着稻花的香。

我八九岁的时候，父母在黄河边上，靠着自己的双手，一锨一锨地垦出了二三十亩的河滩地，起先种过麦子、玉米、豆子、萝卜，可是因为生地盐碱太大，每年撒下一袋种，收下一筐箩子。后来一次偶然的机会，在与河西人的聊天中才得知，河滩生地需要靠水泡，泡醒后土地才能有收成。于是，在没有任何水稻种植经验的前提下，靠着农人的这股子拼劲和对白花花、香喷喷大米的憧憬，全家开启了“浪稻子”的生涯。

记忆中春暖花开的四月时节，父母先把买来的稻种精心晾晒和清洗浸泡，然后再用从五六十公里外的地方拉回的红胶泥拌种。经过下种前的充分准备，一粒一粒稻种穿上了火红的外衣，似待嫁的美丽新娘。父亲从朋友家借来大青骡子，拉着拾掇好的稻种，一家老小怀揣希望，浩浩荡荡地奔向河滩地。

虽说到了草长莺飞、莺歌燕舞的时节，可西北的天毕竟不同于江南，算不得好春光，微风过处，仍透着一股子寒意。从未干过此等苦力的大青骡子，拖着一根长圆木，茶呆呆地站在田埂上，懵懂地望着一片明晃晃的天地，却怎么也不肯下地。随着一声响鞭炸开，大青骡子受惊，慌乱地驶入水地，东冲西撞，毫无章法。父亲高挽裤腿，赤脚蹚在泥水中，紧拉缰绳，安抚受惊的家伙。为了快速搅浑水田，二叔像耍杂技似的颤巍巍地站在湿漉漉、滑溜溜的圆木上尽量保持平衡，却不时地从圆木上跌落下来，逗得孩子们哈哈大笑。渐渐地，大青骡子在主人的指挥下得了要领，慢慢地拉着长圆木在泥水中前行。经过几个来回刮拉，起初澄清的水田变得浑浊一片，这时，母亲在父亲的指挥下不失时机地均匀撒下被红衣包裹的、颗粒饱满的稻种，也播下了全家人的希望。

稻芽出来前，每天需要把稻田灌满水，俗称“泡芽”。大约过了十天时间，星星点点泛黄的绿芽儿似脱壳的雀儿，欣欣然张开了眼，从泥土中露出小脑袋，有时头顶泥土，像是调皮的孩儿，充满了生机与活力。父母像是迎接新生的婴孩，充满了新奇与惊喜，每天星星还未隐去便出门，星星爬满天才归家，不是奔波在蜿蜒的水渠埂，就是徘徊在田间地头，大声吆喝着，驱赶那些专门啄食嫩芽儿的鸟雀，心心念念的都是宝贝稻芽儿。不经意间，抬眼望去，已是新绿一片，让家人踏实的绿，欢实地铺展开来。

蓦然回首，时令在水稻的播种、插秧、分蘖、拔节、扬花、抽穗期走过，一家人披星戴月、小心翼翼地侍弄着这些心头肉。可是，因为荒滩老鼠多，加之新渠泥土疏松，所以渠堤经常容易被冲出豁口，小豁口变成大豁口，继而大面积崩塌，一泻千里，辛辛苦苦抽上来的黄河水瞬间被豁口吞噬。有时甚至会被冲出好几个豁口。所以常常是父亲抽水、淌水，母亲和我、弟弟奔波在蜿蜒一公里多的渠堤守护。当发现一处险情点，自己能处理的先行处理；处理不了的，惊慌失措地喊父母过来救援。好几次，因为豁口太大，水流太快，一家人发了狠地拼命挥舞着铁锨朝豁口填土，可是瞬间便被急流冲走，情急下，来不及多想，父亲咚的一声跳入齐腰深的激流中，用自己的身躯阻挡这冰凉的河水。那一刻全家人受到了鼓舞，母亲跟着跳了下去，我和弟弟的行动更加迅速、坚定、有力……就这样，一天的辛苦全在堵塞漏洞的路上，当顽皮的星星爬满了美丽的苍穹，秧苗宝宝却还饿着肚子。一家老小拖着疲惫的身体，沮丧地回到家，稍事调整，继续明天的战斗。

奋斗不止，拼搏不息，从鹅黄、新绿到幽绿，水稻在父母的精心呵护下茁壮地生长。看着瑰丽壮观的水稻在晚风中起起伏伏，父亲常常掮着铁锨站在田埂上，笑盈盈地为在稻田中拔草的我们憧憬着金灿灿的未来。目光深邃，熠熠生辉，似穿透了四季，看到了繁华的锦绣。那个时候的我，只觉得日子难挨，每天身着长衣裤，弯腰在烈日下，数羊似的在热气蒸腾的稻田里拔芦草、三棱草、稗子，根本无心听父亲的宏伟蓝图，反倒增添了几分愤懑，稍不留神便把稻秧当成稗子除掉了。成群结队的蚊虫环绕着我和弟，虽然穿了厚衣裤，可还是被可恶的蚊子叮咬得满身是包，奇痒难耐。

我哭丧着脸，发狠似的把泥巴糊在自己的脸上、手上、衣服上，看你有多大的能耐，还能吃到我？！比起炎炎烈日，更怕蚊叮虫咬的我，此后选择在晌午时拔草。炎炎夏日，万物生烟，暑热蒸腾，鸟儿草里避，蚊虫不见影。心静则事成，像做一件艺术品似的我，挨着把稻田叽里旮旯的大小各色野草赶尽杀绝。看着自己走过的地方，杂草不生，只留水稻独舞，烈日下的我，心满意足地咧着干裂的唇笑了，偶尔还哼上两句，算是对烈日、野草与蚊虫胜利的歌唱。

最喜欢阴晴不定、夏风飒飒的傍晚，在变幻多姿的天空下，鸥鹭飞翔，举目远眺，沃野平畴，盈眼抒胸，欢实的水稻在风激越的鼓点下尽情地燃烧，一会儿是热情奔放的探戈，一会儿是强悍振奋的桑巴，一会儿是柔媚浪漫的中国古典舞。炎炎夏日，沐浴在凉爽的晚风中，面对此情此景，人不由自主地想要随稻起舞。远处，山泼黛，水挼蓝，翠相搀。点点移动的羊群在五彩斑斓的天空下更像一团团移动的白云。面对展脱的稻田，站在田埂上的父亲，迎着风，更像是伫立于天地间的劲松，与心爱的水稻彼此交换着能量，以达生命互养。

金贵的水稻爱水，从下种的那天起，一直到收获前十天左右，一直在贪婪地吸吮着甘冽的河水。父亲更像是水稻的父亲，精心照顾着“稻孩”。意外的是，父亲在淌稻田的时候，也从河里抽上了许多鱼，纵横交错的沟渠里，到处可见游动的鱼儿，成群结队或是两三结伴，渠埂上下远远近近皆是巡逻的叼鱼鹳，或盘旋，或俯冲，或休憩。姑且让你们享用这无边的美味吧！

逢枯水期，水位下降，每天从河里抽水很难，经常为给稻田浇一次水，少则三四天，多则六七天，望着茁壮成长的稻秧在焦渴的大地蒸腾，父亲的心急啊！不承想，难抽水的日子，却是个产鱼的好日子，个大、肥美的鱼儿，和着泥水艰难地扭动着身躯，在沟渠的低洼处汇集一窝，那振奋人心的场面至今令人难以忘怀。我和弟弟欣喜若狂，忙不迭撂下手头的活计，急不可待地跳入泥潭中，瞬间变成了泥猴。两人左冲右突，伸开双臂扑倒在泥潭中拥抱蹦跶欢实的黄河鲤鱼。大鱼毫不示弱，一个鲤鱼跳龙门，一下就跳出了包围圈。左边、右边、前面、后面到处是蹦蹦跳跳的鱼，看得人眼花缭乱，稍不留神，一个踉跄，弟弟一屁股便跌坐在了泥塘里。哪料，这一坐就压住了最大块头的鱼。起先弟弟以为自己压到了水中的怪物，呼喊着不得了，扭头一看，乐了，这时围观的父母和我瞬间哈哈大笑起来。那一刻，大自然的随意馈赠，宛如秋夜的流星，在我的生命深处点燃了烈焰。种稻的间隙收获了鱼，满足了鸟儿，愉悦了娃娃，也抚慰了农人的心。

当碧霄鹤唳，从远方迤逦而来排空阵雁的时候；当芦花开满滩涂，金黄的落叶随着飘荡的芦花跌落进眼前这一汪秋色里；当绵绵秋雨落在了滚滚稻田，经历了整个盛夏的洗礼，酿出阵阵稻香。喜看稻菽千重浪，醉了看戏人的眼，也醉了入戏人的心。齐刷刷的稻穗一改往昔昂首挺立的姿态，在绵绵秋雨中总是低着头、弯着腰、躬着背。那低头不语的，总是沉甸甸的果实，而头仰得最高的，却是腹中空囊的秕谷，连偷嘴的鸟儿都懒得理它。秋天，注定是一个丰收的季节，往昔付出的辛劳与滴落的汗水，经过一季的酝酿、蓬勃，早已颗粒饱满。天地终不负有心人的等待，历经繁华，洗尽纤尘，感受一场秋天的雨，才可收获沉甸甸的未来。时序如轮，愿我们在收获了一年的鱼肥、仓实后，莫忘了脚踏实地，在以后的日子中加倍努力。

硕果累累

流年飘香

夏日傍晚，清风徐来，暑热消退，一家人吃过晚饭，难得消闲地坐在院子里，父母谈着农事，我和弟弟说说笑笑，耳边不时传来青蛙的合奏，“呱呱呱”，一声和着一声，一声高过一声，一声唤起一片，为这夏日的傍晚增添了几分热闹。屋后，二爹的油坊又在吱吱作响，听着二爹翻炒胡麻的声音和胡麻爆裂的声响，纯正而浓郁的胡麻香不时随风飘来，一家人都忍不住深深吮吸着空气中甜蜜的香味。院外，过路的行人自言自语道：“老二的胡麻油味道不一般，香！”父母循声抬头望向院墙外，笑着问候过路的行人……时隔多年，每每吃到老家家常的干捞面，都会想起二爹的胡麻油，怀念那纯正的胡麻油的浓香，想起这样宁静的傍晚。如今，多年未闻到那么纯正的胡麻油香，一滴油，人站得老远也能闻到。和着二爹压榨出来的胡麻油，最简单的食材立马变得香气扑鼻，没吃的人垂涎欲滴，吃的人满嘴生津，想的人回味悠长。

如今只剩油坊后废弃的水塔依然挺立于岁月深处

小时候，二爹的油坊是生产队唯一的食用油料作坊。那年节，家家户户几乎都种植胡麻，记忆中，蓝格莹莹的胡麻花在碧蓝的天空下一望无际地铺展开来，那清幽的蓝，随着清风轻柔地摇摆，那么温柔，那么安然。到了胡麻收获的季节，家家户户车拉肩扛把胡麻交给二爹，从此，二爹便开始了日日夜夜的劳作。那时候榨油全靠人力，从炒胡麻到榨油，都是三更眠五更起，一点一滴熬出来的。有时候，白日里，闻着胡麻香，我会不由自主地趁着二爹不备偷偷溜进油坊，然后以迅雷不及掩耳之势狠狠地抓几把炒好的胡麻偷偷地塞进自己的口袋里，然后若无其事地这里瞅瞅、那里看看。只见二爹佝偻着腰，嘴里喊着号子，用手一下一下卖力地压着油杆，那样子时常让我想起拉船的纤夫来。堆积的大油饼在重力的碾压下，一滴一滴地渗出清亮的胡麻油，就在这抑扬顿挫的号子声中滴滴答答地进了油桶。二爹停下，用毛巾擦汗，转头才发现我正愣神，呵斥一声，让我赶紧出去。生怕小孩子乱动东西，不知深浅，反而伤了自己。

废弃多年的油缸

二爹家的后屋里摆满了大缸，挤挤挨挨的大缸里盛满从油坊里提回的香油。村人拿着油壶去打油，二妈时常用油提一提一提从油缸里舀出香油，然后顺着油漏斗倒入村人的油壶。逢着年节，家家户户都炸馍，此时用油量最大，常常供不应求。二爹时常抱歉地笑笑，让大伙等等，一家家来，赶到节前肯定都有份。于是，村人的油壶一个个整齐地摆放在二爹后屋的地上，排队等待新出的香油……

随着时代的发展，传统的油坊后来逐渐凋敝。有段日子，在机械化油坊的冲击下，怀着一腔热血或对传统手工艺的执着，二爹的油坊也曾勉强维持过一段时间。传统榨油虽然出油慢、出油少、费工费时，可毕竟人工压榨出的油味更香。并且二爹从不在油里掺杂任何其他成分，这从村人反映的油热后的状态可以知晓。好油，清亮，油热也不会起泡沫；次等油，不只摇晃会起泡沫，油热后依然有许多泡沫，有时还有毕毕剥剥的声响，做出的饭菜自然味更逊些。所以，即使需要排队等待，依然有人不畏路途遥远来二爹家打油。就这样撑了一段日子，可终因连年亏损，虽有万般不舍仍不免痛下决心，就这样，传统意义上的最后一个油坊消失在了村子里，连同这炒熟后的胡麻香和记忆中的饭菜香味一起消失了。

幸福很小

假日，饭后，路边扫一共享单车，载着我心爱的人，沐浴在夏雨后的晚风中，看着到处清脆的新绿，骑行在晚霞映照下的绿茵道中，满心的舒适与逍遥，为病后的身心增添了不少心劲。骑行不到十分钟便到了中山公园，停车自公园西门进入，缓步秋思路，首先映入眼帘的是两排高大笔直的钻天杨，郁郁葱葱，遮盖天幕。晚饭后公园遛弯、游玩、运动的人依然不少。

牵着儿的手，走过秋思路，进入文化广场，到处是喂鸽子、看鸽子、逗鸽子的人大小孩。兴头上，我们也花了两元钱买了一小盘糜子，钻入鸽群，专等那馋嘴的鸽子或飞上头，或蹲在肩，或站在手臂上，成群结队对地将我和儿包围，被这雪白的信使或抓或挠，不由得缩了头，咯咯笑出了声。看着这些家伙忽而飞起，忽而落下，摇摇晃晃地站在胳膊上，咚咚地啄食手中的糜子，一会儿工夫便瓜分了这盘中的美味，也算是晚餐后的一点乐趣。心满意足地和儿离开广场，绕着中湖缓步而行。暴雨后的空气格外清新湿润，湖面也涨高了不少，婆娑的垂柳轻抚湖面，偶尔有三两只游船缓慢划过水面。

雨后秋思路

走到拱形桥头，只见一铁牛卧于桥下湖边，每行于此，都要与儿说道下这铁牛的历史。相传“镇黄牛”是唐武则天时所铸，当时，宁夏、河南等地黄河经常决堤，泛滥淹没良田，冲毁农舍，百姓苦不堪言，当地官员兴修水利年年无效，便上书朝廷，奏明灾情和治理情况。武则天十分重视发展农业，她听从官员建议，铸铜牛以镇黄河，当时铜牛放入青海上游，后被汹涌的河水冲入下游，经过百年，后搁浅于宁夏青铜峡。拱桥处此牛为 1978 年为庆祝自治区成立二十周年仿“文化大革命”中被砸毁的唐朝时的镇黄牛重铸而成。

听完故事，儿骑上铁牛，我用手机留下这一美好瞬间。许是被动听的故事打动，儿不停地询问关于中山公园的前世今生，知道的多言两句，知之甚少的百度搜一下，就这样你一言我一语，不觉间走到了宪法广场，此处有一株年逾百岁的老桑树（1890 年种植），儿子说此树为中山公园树龄最大的树，询问何时知晓，言此前多次与我遍查公园古树，早已知晓。心中纳罕，小子有心。见树身有二维码，用手机一扫，关于古树的介绍一览无余。再抬头，仔细一瞧，看到树干上还挂着“药水”，大概树老了也需要营养液吧，突然好生羡慕这些可以长青的古树，样子虽丑，但想想流年岁月，想想春华秋实，想想积淀的厚重历史，越老却越发让人敬重了。站在古树下，不觉仰头再次瞻仰这冠如巨伞的大树，心中充满了敬畏。除了这株古树，其实在文昌阁不远处亦有一株，1932 年所植，至今已有 90 岁。人，终归是活不过这些树，枯木逢春犹再发，人无两度再年少，立于天地间，我终归还是我，来过，看过，仰慕过，似乎留下了什么，又似乎什么也没有留下。

年逾百岁古桑

天色向晚，与儿自秋思路返回，不知这路为何叫秋思路。仰头向天，密密匝匝的树叶黑魆魆的，透过层层叠叠的枝叶，便是悠远的天幕，看着看着，便陷入了冥想，此刻，仿佛自己不是自己，而是遥远的历史，是古老的故事，是人世的苍茫。

出了公园西门，已是暮色四合，华灯初上，人世的繁华近在眼前，本意要回，临时起意拐入公园西门正对的兴仁巷，直奔唐徕。人世的璀璨终究还是让我动了心，看着火热的街边烧烤、流光溢彩的街景，心里不觉又活泛了起来，一路走，一路和儿欣赏老街的墙画、树画，看没去过的老巷子的名称，倒也自有一番趣味。脱了家人的视线，与儿寻一街边小摊，花了十元钱吃起了少吃的关东煮，再来根冰棍，辣了就着冰棍吃，管它卫生不卫生，健康不健康，胃痛会不会犯，先吃了再说，人生得意须尽欢呀！儿子边吃，边吧唧着小嘴，边说不要告诉爸爸，不然又会挨训。我笑笑，此刻，独属我与儿，随心随性的感觉真好，什么都可以想，什么都可以不想，便觉是个自由人，我且受用这无边的自由与乐趣。

吃完街边小食，走到公交站台，等车的工夫，儿子幸福地依偎在我的身旁，我不由得拍拍儿的背，这好情绪似乎也感染了我，原来经历过风吹雨打后，更渴望生命的波澜不惊，一茶、一饭、一粥、一菜，与心爱之人相守，慢下来，感受岁月悠悠、纸短情长、浮世清欢，这，才是我想要的生活。

电影海报

二十世纪八九十年代，家乡小县城有个电影院，那时三妈和姑父皆在影院上班，三妈负责放映电影，姑父负责外出取电影片子。取电影片子时会得些珍贵的电影海报，因着近水楼台，故可先得月，姑姑留心可收藏一些海报，逢着过年，每家分发一些，贴在家里的墙壁上，是那个年月最高档、最时髦、最喜庆的壁纸了，不仅赏心悦目、增添喜色，而且可以当故事来看，充满了无限趣味。

大年三十贴完春联，便迫不及待地与母亲贴海报，那花花绿绿的海报贴到雪白的墙壁上，屋子立马显得明媚动人，充满了春日的气息。看着画中的帅哥靓妹，想象自己成为一名万众瞩目的表演艺术家，在金碧辉煌的舞台，在熠熠生辉的闪光灯下，那一刻，一定千娇百媚、风流婉转……想着想着，便觉神游太虚幻境，神情恍惚，间或咯咯笑出声来。

左瞧瞧，右看看，端详来，扫一眼，看也看不够。欣赏完家里的海报，便一溜烟地跑出家门往屋后的二爹家去，一进门，只见大姐手拿海报左右比画，二姐远处看高度距离，三姐张张仔细挑选……这时自己免不了要说句或低了或高了，或偏左了或偏右了的话语来纠正贴画的人。姐妹们七嘴八舌地讨论着、比画着，终于在这种热烈的氛围中贴完了所有的海报。此时，昔日暗淡无光的墙壁立马变得五彩缤纷，如那春日妖娆的繁花。所有人不觉精神亢奋，各个面露喜色，小弟弟站在地下只是欢喜地拍着手，不住地叫唤着“好呀，好呀！”

这时心里总是免不了对比一番，两家的海报谁的更美丽，谁贴得更美观。但因二妈家墙壁多贴得多、儿女多自然看的人也多，在画的数量和赏画的气势上我家先自输了三分，故每每觉得心中有些许的不畅快，高兴地来，悻悻地归。见我忽晴忽雨，母亲常常摸不着头绪，以为我又和弟弟置气耍性子，故警示我过年不能生气，拿各种过年的规矩来唬我。唉，这女儿家小小的心思母亲哪里晓得。

忙忙碌碌间，年的脚步越来越近，不觉到了吃年夜饭、看春晚的时间，丰盛的菜肴、温馨的祝福、欢乐的节目，在满屋子海报的环绕下，全家人的情绪逐渐高涨，所有的不快早已抛之脑后。所谓幸福，可能就是在这种简单繁琐的时光里，以一种充满仪式感的心境，于不朽的时光深处，充分享受生命中的所有阳光与温暖的瞬间。

不负时光不负卿

一

春，从时空深处，穿透冰天雪地，娉婷袅娜，翩跹而至。

辽阔大地，气象万千，山泼黛，水挼蓝，翠相挽。春风和暖，春雨丝丝，春水潺潺，杏花盛放，柳岸长堤，小麦拔节，油菜花香，虫鸟合奏，一片希望至纯至美。

趁风和日丽、鸟语花香，看一场风月，赏一场花事，放一次纸鸢，来一次踏青。彳亍在这如云似霞、娇羞妩媚的花海小路，如梦似幻，天上人间共享盛典。

二

从寒冬腊月里就开始酝酿着要为你做一场盛大的法事，每日朝思暮想，只读有你的唐诗宋词，翘首企盼盛季的来临，以便用尽这世间最华丽的词藻来热情地讴歌你、盛赞你。春之至，频频发力，此力绵绵，武功全失，欲说无言，也许思念太久，用情至深，发力过猛，灼伤了自己？也许世间词语本无法言尽你的美？也许词语匮乏，等到用时方恨少？只愿时光在亘古的柔情里凝固。晓露痴缠，星月为凭，所有旖旎的心事，所有呢喃的软语，都只为你。

桃之夭夭，灼灼其华

乡　情

我出生在一个至今已经消失了近二十年的小县城，那里原来叫陶乐县。据说当时撤县时，陶乐是全国人口第三小县，位列第一的是西藏的墨脱县，第二为新疆的某个县，我的童年、少年及至青年都是在那里度过的。县城虽小，却给了我无尽的回忆与思念，时至今日，天南海北，不论自己走到哪里，每当别人问起自己是哪里人，都会习惯性地说是宁夏陶乐人，而不说是平罗人。

陶乐，位于宁夏北部的黄河东岸。撤县前属于石嘴山市管辖，南北长98公里，东西宽7.5公里，似一条丝带镶嵌在宁蒙交界的绿洲与沙漠之间。黄河由南向北沿境奔腾而下。县境总面积刚1000平方公里，撤县时人口刚过3万。追根溯源，县境南部的水洞沟，早在3万年前就有人类生活；县境南部的兵沟、高仁镇的泉子湾等地有新石器时代的遗迹。秦时，大将蒙恬曾率30万大军击败匈奴，在今陶乐南筑浑怀障。1929年，宁夏省设陶乐设治局。1930年，改陶乐设治局为沃野设治局，绥远省辖。1937年，归宁夏版图，置陶乐设治局。1941年，置陶乐县，2004年1月撤县时，已有两千多年的历史。

相信每一个生于斯、长于斯的孩子，提起家乡都会有一箩筐的话要说，村头巷尾捉迷藏的童年，扬鞭牧羊的无忧少年，情窦初开的青年……说说笑笑间，或充满了甜蜜的回忆，或情难自持地流泪，或面露几分孤寂与落寞……

陶乐小，如何小？出门办事或串亲，走一路，一路亲，非近亲，即远亲，见了面，或远或近拉个亲；处对

陶乐县城旧影

象、娶媳妇、嫁女儿，七拐八拐连着宗，人品、家底门儿清；哪个汉子有闯劲，哪个婆姨有能耐，谁家的女儿中状元，哪家的儿子升了官……人人心里似明镜。记忆中，县城东边中学课间操，县城西边隐隐传来广播体操喇叭声；县城北边汽车站，人站在车站十字路口大声呼喊，南边回家的赶紧来赶车。

一、影剧院

坐落于街中心的影剧院是陶乐人记忆中不朽的精神坐标，也是最先进文化的集散地。影剧院建于1970年，如今，记忆中的影剧院早已荡然无存，像消失的县城一样被淹没在了记忆的林海雪原深处。那时，在乡下人眼中，能进影院看电影或者看演出，似乎是城里人才有的生活方式，那是尊贵和时尚的代名词。如果能吃着影院门口的雪糕看电影，那生活可真是赛了神仙。儿时，我家虽在影院门口开过小饭馆，可父母终究总是忙忙碌碌，一天脚不离地，前厅后厨忙得团团转，哪里有陪我们的时间，故我常常站在影院门口伸长了脖子静听电影放映声，还有时而传来的观众的笑声，终归是不敢向守门人提在影院工作的三妈和小姑父的名字，以将我这个小屁孩放行。刚上初中，秋季学校组织全校文艺表演，最终比赛地点选在了县城的影院，总算是让我们这些乡下娃有了一次上大舞台当明星的机会，清楚地记得我所在的初一三班的节目是宋祖英的《辣妹子》舞蹈表演，清晰地记得那天参演的同学早早集聚影院后台，化妆、穿演出服，每位同学兴奋、紧张、激动溢于言表，音乐起，“辣妹子从小不怕辣，长大不怕辣……”十来位女同学脖子上挂着从地里采撷的新鲜红辣椒，我梦游一般随着音乐在舞台上手舞足蹈，不记得跳得如何，只记得舞台上到处散落的红辣椒，那一刻，五彩斑斓如梦似幻的灯光，一浪高过一浪的掌声，带着女孩们一次次达到人生的巅峰，那一刻，我们是这里最耀眼的星、我们是最美的公主，最终舞蹈在“辣妹子辣妹子辣辣辣……”的音乐声中退潮。后来，我上了大学，离开了那座上中学的小县城，听说影院因管理不善，加之年久失修，看电影的人逐渐变少，最终破产关门，后来连存在了几十年的电影院也被夷为平地。每每回乡，站在影院的遗址上，总是不免想起那记忆中的高光时刻，连同那无忧的青春年少的时光，走着走着，皆成了历史，成为了岁月中的朵朵浪花。

二、物资交流会

自 1983 年起，每年秋季县城都会举办物资交流大会，届时招引邻近市、县客商、城乡居民开展商品贸易；各生产企业利用物资交流大会进行产品展示、展销；各级政府机构利用物资交流大会宣传党的各项方针、政策等，组织丰富多彩的文艺节目，促进物资贸易交流。一年一度的物资交流会也是自上而下全县人民的大事，其隆重程度不亚于中国传统节日春节。交流会的第一天，几乎全县乡亲都会在农忙时节抽出一上午时间，穿着一新簇拥街头，只见男人头顶着小娃娃，女儿搀扶着老父母，姊妹们手拉着手，弟兄们肩并着肩，大娃娃叽叽喳喳，观看县城从小学到中学的游行方队，还有各个党政机关游行方队踩高跷、划旱船、耍龙灯、耍狮子、扭秧歌、抬花轿……更有大卡车拉着才从果园子里连根拔起的大苹果树、梨树……只见树上不只结着成熟了的果子，树干上还挂着花花绿绿的装饰品，阳光下是那么的璀璨夺目，令人眼花缭乱。大卡车上有扮小丑的，有扮七仙女的，有装玉帝的，有演娘娘的……一路上锣鼓喧天，鞭炮齐鸣，彩旗招展，人山人海，那一幕幕，永远地定格在了人们的心中，天上人间，只此“青绿”，共赴盛会，再创辉煌。开幕式毕，便是七天不眠不休的贸易交流，从吃到穿，日用百货一应俱全，总有合了乡亲们心意的玩意儿，盛会在这种难得的交流中实现了双赢。

三、桃园公园

桃园公园打我记事起便存在。那时节，庄户人家麦收后都要拉着粮食去街上粮库交公粮，每当此时甬提心里有多开心。大清早，父亲开着手扶拖拉机，一路黑烟滚滚，我和母亲坐在垒得高高的粮袋上，迎着初升的太阳，一路灰尘中奔赴县城粮库。一到粮库，我便急不可待地跳下车跑去距离粮库不远的公园游乐场玩。清楚记得游乐场有大铁滑梯、秋千、转椅、铁飞机等，大滑梯是我的最爱，不论是直梯还是弯梯，我总能不厌其烦地上上下下，有时似乎去了公园只为了玩滑梯，一直玩到烈日当空照，城里的娃娃早晒得回了家，而我还在红着脸、汗流浃背地上上下下，哧溜哧溜，一下又一下，直到母亲来喊我坐车回家。

公园除了有孩子的乐园，还有青年文化宫、各式凉亭、各种树木等，我家至今仍保留着一张我三四岁时大雪天母亲抱着我站在青年文化宫前的照片，那时候，母亲二十来岁，烫着卷发，穿着紫色羽绒服，青春靓丽。我扎着两个朝天鬏，穿着橘黄色的大棉袄，看上去胖乎乎的，却是睥睨一切的神态，一副天下迟早是“老子”的、舍我其谁的表情。后来，我上了初中，游乐园不再是我的乐园，绿荫道、凉亭则成了我经常光顾的地方，那时，心智未开，缺少诗情画意，不知赏花思考，天天瞅着公园里的小年轻谈情说爱，哪个女娃失恋了正歇斯底里，哪个学霸偷偷跑去公园学习……而我则像个看客，天地悠悠，独赏演给我一人的人间大戏。后来，我渐渐通了人事，有时独自徘徊在悠长的林荫道，默默地彳亍着，听着悦耳的鸟鸣，心里却幻想着那个踩着七彩云霞的盖世英雄何时能来到我的身旁，有时又会模糊地思考关于人生的终极问题，有时则会为自己的前程而担忧。斗转星移，三年过去了，我初中毕业了；忙忙碌碌又三年，岁月无波澜，我高中毕业了。每当毕业季，桃园公园都是同学合影留念的不二选择，县城六年学生生涯，回首往昔，一幕幕撞击眼帘，如梦似幻的青春已经远去，感觉昨日已成为今日的遥远，我们已慢慢走向成熟稳重的中年。后来，据传，县没了，一说是公园风水不好的缘故使然，故公园也随着撤县而消失。唉，可怜可叹，国家意志岂是儿戏，失了主心骨的心情可以理解，可不达到一定高度，哪里晓得登高才能望远。当然，这个道理也是历经岁月与人事后才通晓的。如今，故地已变成了一个毫无生机与内涵的十字路，每每重游此地，早已物非人非，我的桃花源最终成了只能梦中凭吊的故地。站在冷冷清清的十字路口，迎着刺骨的北风，不只身体冷，心更冷，“问君能有几多愁？恰似一江春水向东流”“天涯地角有穷时，只有相思无尽处”。

四、陶乐景

如今，行驶在曾经连通陶乐县到首府银川市唯一的柏油路——陶横公路银川段的时候，看着川流不息的滔滔黄河、盈眼舒胸的沃野平畴、草木葳蕤的空闲地、花团锦簇的林荫道、滨河而立的汉墓群、峭壁耸立与苍鹰盘旋的大峡谷……心中总是免不了感慨万端，这里，曾经可都是陶乐县的土地，不远处5A级景区水洞沟亦是。2004年撤县，原陶乐县的月牙湖、县牧场、县林场划归了银川市兴庆区，此地便在其中。经过近二十年的发展，不得不说，划归银川市的这片土地真的发生了翻天覆地的变化，曾经黄沙漫卷的荒芜戈壁滩，如今已经变成了桃红柳绿、莺歌燕舞、鸟语花香的休闲胜地，春夏时节，每行于此，都错以为到了诗情画意的江南。

曾经的草原风光是最具陶乐特色的旅游资源，浩瀚沙漠雄伟壮观，辽阔草原盈眼抒胸，碧波万顷的草原与沟壑纵横的台地共同构成了一幅独特的美丽景观，加之西濒黄河，常有“大漠孤烟直，长河落日圆”的如诗画境，置身其中，常常令人心旷神怡、流连忘返，是现代深居闹市中人放松自我的一个绝佳去处。

兵沟汉墓旅游区和兵沟大峡谷相距不远。濒临黄河的汉墓据考证为西汉末年、东汉初年的墓葬群，其布局和规格符合道家始祖的阴阳学，分夫妻合葬墓、一字排列大家庭式葬墓等，出土文物有镜、五铢钱、冷兵器等，虽常经过此地，却未曾进入，只是常听人说起地下的人骨和各种兵器，想想两千多年前战鼓雷鸣、千军万马、浩浩荡荡、白刃相接的厮杀场面该是多么悲壮，“风萧萧兮易水寒，壮士一去兮不复还”“誓扫匈奴不顾身，五千貂锦丧胡尘”。每每想到此，心中久久不能平静。兵沟也称黄河大峡谷，与汉墓隔着一条路，是一条东西走向的天然泄洪沟，蜿蜒曲折十几公里，如一条苍龙东踩大漠、西点黄河。沟内地形地貌独特幽深，峭壁耸立，苍鹰盘旋，充满了神秘感，《贺兰雪》《绝地苍狼》等十几个电视剧组曾在此取景。以前上学常打这过往，看到声势浩大的影视剧组正在拍戏，多少次想去问问要不要群众演员，梦想着从群演到角儿的春风得意，有时想着想着竟在班车上笑出了声，哎，做梦者有我，浪漫者有我，傻乐者有我。

还有一个景点不得不说，因为它的名字太别致——贼湖（如今叫沙苇湖），距原陶乐县城南十三四公里，在陶乐东边的毛乌素沙地边缘，面积不大，约莫有 1000 平方米。据长辈说，因湖中有泉眼，故无论多么干旱却从未干涸。为什么要叫“贼湖”这个名字？据说，很久很久以前，这里沙少、树多、湖大、苇多，过往商人常常停驻于此修整，后经走南闯北商人口口相传，这片水域得以美名远播，但同时也招来专劫商人皮货等物品的贼人，一时江湖盛传这里有贼，但又不知这个湖叫什么名字，于是就有人将它命名为贼湖。还有人将贼湖形象地比喻为毛乌素沙地的一滴眼泪，这个比喻好，瀚海绿洲，是生的希望，也是顽强生命力的见证，透着“贼”的生机与活力。

我只去过一次贼湖，还是上中学时班主任带着大伙一起去的。在无路、无导航的年代，只听说有贼湖，却不晓得它的具体位置，故大家在沙漠里兜兜转转了两个多小时，最终才找到了传说中的湖。因未谋面前对它有太多的憧憬，以致我第一次见到它的真容时，被湖中“多条腿”的青蛙惊呆了，幽深的湖水中的鱼儿似乎也黑得很神秘。然而，当我愣怔时，男生抛下的石子为我破解了心中之谜，原来是两只青蛙正美滋滋地抱在一起。天降神器，青蛙惊得“呱”的一声分了家，并迅速潜入了湖中。这时抬头，只见一片不大的水域，周围草木苍翠，湖中芦苇森森，湖心野鸭浮游，在这瀚海中倒也真是一块难得的宝

沙漠绿洲

雨后贼湖

地。那天，因为来路坎坷，耗时过多，大家只是匆匆一睹它的真容，便带着些许的遗憾很快撤离了。如今，一别已二十多年，时光如白驹过隙，只愿每个人都像这片水域一样，“贼里贼气”，活出彪悍野性的人生来。后来，听说修通了去贼湖的路，贼湖也被有效开发利用了起来，只是时过境迁，再也无心去观赏，许多时候，重温旧梦反而是破坏旧梦，人生若只如初见，留下最初的惊鸿一瞥，挺好。

除了上述景点外，还有马兰花大草原、庙庙湖、黄沙古渡、燕子墩等，此处不一一记录。

五、陶乐人

说了这么多，陶乐人却是最值得说道的。因为陶乐西依黄河，东靠毛乌素沙地，在交通不发达的年代，无桥、无路，故外面的人轻易进不来，里面的人想出也出不去，所以，陶乐虽处川区，却是极为闭塞的。但此处毕竟不同于山区，只要肯下苦，围着黄河便可开垦出无数良田来，不用几级提水，水泵往河边一搁，机器一开，庄稼就喝到了水，正是因着衣食无忧的富足日子，这里民风淳朴，夜不闭户，路不拾遗，家家无院墙；这里人人知足常乐、秉性纯良、厚道实在、不争不抢，从不精于算计。可能在外人眼里的陶乐人又憨又傻，严重缺心眼子，陶乐人也因此吃过亏，可是厚道实在的陶乐人只是笑笑，依然我行我素，厚道实诚已成了陶乐人深入骨髓的基因。举一个小小事例，比如别人问你去干吗，外人可能一句“有事要办”敷衍了事，但陶乐人却不，肯定要把“去哪，找谁，干吗”说得一清二楚，从无半点犹豫，从不带一点儿含糊。陶乐人的性格还体现在待人接物上，因为靠近内蒙古，陶乐人兼具草原民族粗犷豪放、热情诚恳、胸怀坦荡的个性特征，陶乐人也喜大块吃肉、大口饮酒，客人来了宰鸡杀羊，一盘亮眼的辣子鸡，一盆香气四溢的炖羊肉，一锅最具陶乐特色的猪肉大烩菜，敞开了吃，敞开了喝，豪气干云天，故客人每每无不激动难忘，这可能也是爸爸城里战友常来我家做客的缘由之一。那一锅锅香气扑鼻的饭菜饱含着陶乐人的深情厚谊，也潜藏着陶乐人忠实厚道的基因密码。

回首十八年前，仍记得得知撤县后，又有许多家庭成员工作被分流到平罗、银川、灵武、中卫各地，没有亲眼所见那离别时的情形，虽然只是听人说起，仍可以体会屋漏偏逢连阴雨的苦，那份沉重的心情，真正地叫雪上加霜。那一幕幕绝望与痛楚、残忍与决绝、怅然与不舍，都在班车开动后，那一个个无法形容的眼神和一双双红肿的眼睛得到了答案，陶乐，生我养我的地方，别了。

历史的车轮滚滚向前，时代的脚步永不停歇，苍天不曾辜负任何一个孩子，县虽然没了，但是那份热爱、那份执着、那份拼搏的精神却永存心间，让散落天涯的陶乐儿女，时刻铭记祖辈筚路蓝缕的拓荒精神，只争朝夕，不负韶华，以梦为马，砥砺前行。这个自陕西、山西逃荒而来的祖辈们留下的不仅是一段历史，更是千秋万代别的地方永远无法复制的地方精神，这个精神时刻滋养着陶乐的儿女，无论走到天涯海角，都忘不了自己的根，忘不了记忆中的时代。

我的外婆

外婆心地善良，勤勤恳恳、任劳任怨，一生勤俭持家，她疼爱子孙，却唯独忘了自己。姥姥身上集中了那个年代农村女性所有美好的品质。

记忆中，外婆的土房子只有一间屋子，跨过一道比较高的木门槛，映入眼帘的便是一排红色的木柜，墙上挂着相框和一个鸡毛掸子，虽然木柜已有了些年月，可什么时候都是一尘不染，闪闪地发着亮光，人走到柜边，柜盖还能照出人影儿来。屋里靠着西墙有一盘南北走向的大炕，炕上的床单虽然打着补丁，但什么时候都铺得平平展展，扫得干干净净，一沓被子整整齐齐地码在炕角。炕头有一个水泥锅台，烧水的铝壶缠着铁丝把，但壶身却泛着银光。砖头地面虽有破损，却因经常拖洗而露出青砖的本色。

我上初一时在外婆家住过一段时间。记忆中，从身上穿的到炕头铺的，从衣服、袜子、围裙到被子、床单、枕巾，到处都有外婆细密的针线补丁。我问外婆，柜子里放着新衣服为什么不穿？外婆说："家里干活容易脏了新衣。"我知道，外婆舍不得。做饭时，调料也是有数的，万一我们多放了，外婆会心疼半天，唠叨半天，时刻叮嘱我们以后不能再浪费。我们削铅笔的小刀钝了，外婆便拿出家里的小磨石磨呀磨，直到小刀发出亮闪闪的光。

家里有了好吃的，外婆从不独享，非要等到儿孙在时才会打开那个亮闪闪的散发着幽香的红柜，一把纸包的水果糖、几个散发着清香的黄元帅或红元帅、一小盒蛋糕……看着我们吃得开心，她会露出满意的微笑。而这些珍藏的美食都是儿女或亲戚来看她时拿的。

我上初一时，外婆已年过七旬，但洗衣做饭、喂猪喂羊、打扫庭院、下地除草……没有她不干的活计，和村里同龄老太太相比，她显得更苦更累。虽然儿女多次劝解她就此放手，多享几天清福，可她总是闲不住，儿女走后，立马又提着篮子走向广阔的田地。田头地埂，沟渠路边，外婆到处点豆插秧，蚕豆、黄豆、葵花，土地总会有额外的馈赠。

外婆家门前的院田、房前屋后路边沟渠，长的最多的蔬菜便是韭菜，那是我小时候最喜欢吃但是难得吃上的蔬菜。等到韭菜开花，便是外婆最忙的时候。每天清晨外婆便提着篮子到处采摘含苞的韭菜花，然后洗净用臼和杵一点点捣碎，用盐腌制，储存在罐子里，密闭十来天，新鲜的韭菜花酱便能食了。在缺少小菜的年月，那鲜美的韭菜花酱便是我们吃面食的最美下饭菜。

初一开始上晚自习，每天晚自习后外婆会打着手电筒站在屋后的沟渠畔等我回家，每当我于漆黑中心惊胆战地穿过大片庄稼地，远远地看到手电亮光，心里感到无比踏实和温暖，有时竟默默地流下了泪。渴了，饿了，无论何时，外婆都会起身为我准备，这让初次远离父母的我倍感温暖。外婆总是对我说："我对你们好，将来我死了，给你们留下的也是好印象。如果我坏，将来我没了，即使有人提起我，肯定也会说谁的奶奶活着时真是坏透了。奶奶就是死了，也不安心啊。"

外婆从不与人发生口角，即使是在受人欺负时也从不还嘴。外婆总是笑着说自己笨嘴拙舌，不会与人争吵，自己忍一忍，也就过去了。然而，外婆善良的心地和隐忍的个性，当时却并不被所有儿孙理解。即使这样外婆也只是笑笑，默默地做着自己手中的活计。

如今外婆离开我们已近十个年头，我的梦里却时不时出现外婆的身影，我还是十二三岁时的样子，和外婆两人静静地躺在她的大土炕上，此时，月光透过屋子东墙的一扇小木窗，照得屋子正中一方青砖地面亮堂堂，我想，那是一扇思念的小窗，那是一汪思念的月光。

住宿漂流记

夏季，穿梭在充满烟火气的小市场，循着熟悉的鸟鸣，抬头望见满天盘旋的沙燕，不禁回想起二十几年前上学住宿的情景。

升入初中，因为学校离家远，起初住在外奶奶家。外奶奶家位于城乡接合部，每天下了晚自习，从学校回外奶奶家都要穿过一片黑黢黢、寂静的农田，因为自己胆儿小，加上不熟悉周围的环境，每天夜晚回家提心吊胆，有月亮的时候，害怕坏人看到我独自穿行于农田；没月亮的时候，害怕自己看不到坏人。打开手电筒，担心恶人循着光发现我；关闭手电筒担心我摸黑看不到坏人。碰到中元节等日子，农田周围到处是人们烧纸后留下的灰烬和吃食，想到四处飘荡的幽灵也许正在享用这人间美味，或者有那冤魂野鬼因为没人祭奠，它们此刻该如何是好？四周死一般的寂静，月光煞白，清冷忧郁，耳边偶尔传来无法分辨的声响，直感觉后背发凉，浑身毛发竖立，脚步踉跄。

寒冷的冬季，北风呼啸，下了晚自习，独行在这空旷、寂寥的田间小路，不经意间就发现不远的沟渠处有耀眼的光在闪烁，我走，它走，我停，它停，试了几次，皆是如此。那个时候港台鬼片和僵尸片正风靡，老老少少、男男女女多少都看过，加之从小光怪陆离的故事听得多了，也看得多了，碰到此种情形，免不了多想。起先想到了鬼打墙，突然意识到那可能是鬼火（后来才知道那是磷火），霎时头皮发麻。说时巧，不知道哪家农人把骆驼留在农田，夜晚没有拉回，正在失魂落魄间，传来一阵惊悚的骆驼的吼叫，声声入耳，瞬间破防，哭爹喊娘，一路狂奔。

经常在这种恐惧中，夜晚噩梦不断，为了帮我壮胆，后来外奶奶为我相约了一个小伙伴。可惜好景不长，小伙伴太帅，经常看着他扑闪着毛茸茸的大眼睛，我常常心慌气短，渐渐地，我便故意疏远了他，不再与他同行。当时，还有一个男生，傻乎乎的，每天下了晚自习没命地追着与我同行，也不说话，虽然只是同行半截路，但心中就是不畅快，我天天像躲债一样躲着他，结果在茫茫人海，每次他都能精准地定位到我，无奈间也只好作罢。后来，有一天，外奶奶队的一个比我高几年级的姑娘，下晚自习后独自骑行回家，结果被从农田突然冒出的醉汉吓破了胆，疯了……在各种情形的逼迫下，我最终选择了离开外奶奶家，初一第二学期辗转和堂姐一起住街中心文化馆叔叔的办公室。

那时候文化馆虽然位于街中心，但是整栋大楼楼道没有灯，也没有卫生间，一到晚上，黑乎乎的大楼像是一个有故事的黑洞。因为堂姐马上要高考，经常早出晚归，所以我又一次落单了。我常常一个人摸黑上了二楼，战战兢兢地穿过一个狭长的黑过道，走向最后一间房，火速用钥匙开了门，然后“啪”的一声反锁上门，心怦怦跳。后来隔壁房间住进了一家人，常常到了二楼，看见从门框上的玻璃窗透过微弱的灯光，心里似乎安稳了许多。可惜好景不长，因为没有卫生间，我和堂姐经常晚上不敢喝水，可是自从隔壁房间住进了人，每天清晨一开门，我们的门口就有一摊湿漉漉的“地图”，日积月累，汇集成了一汪污臭的水滩，隔几天清洁人员收拾到了我们这里，便指着我和堂姐骂，这时隔壁的邻居便跑过来补几刀，说我们两个大姑娘不害臊，我俩常常百口莫辩。

家远的孩子困难多，好在我很喜欢听这里每天清晨和傍晚沙燕的鸣叫，看着它们成群结队地在天空盘旋，想着家乡的燕雀，心里暖融融的。当时文化馆三楼一间空旷的大画室里，还住着我的一位表哥，整个空荡荡的三楼只住了他一个人。表哥不仅人长得帅，并且是我学习的榜样，那个时候自己常傻乎乎地想，如果表亲可以结婚，我一定要嫁给表哥。

住在文化馆，解手需要下楼，绕行到大楼后一片荒草丛生的野地里的一座公厕。冬天，上早自习时天还是灰蒙蒙的，经过了一晚上，有时候大早憋不住，也只好硬着头皮，出了文化馆，穿过一个狭长逼仄的土路，绕到文化馆后面的公厕。有一次，发现一个光头男人在枯草掩映的地方东张西望，光头时隐时现，他的样子让我想到了囚犯。那一刻，解决内急的焦灼胜过一闪而现的恐惧，我以箭一般的速度蹿到公厕，然后又以超常的速度解决完毕，出女厕的那一刻，光头男人竟然快行至女厕门口，我大喊一声，男人见状撒丫子便跑得没了踪影。最终，我又放弃了住文化馆，选择住校。

学校的住宿环境至今令我难忘，五六十平方米的砖瓦房里，高低铺，床紧挨着床，一个宿舍住了二十四五个人，每天清晨洗漱需错时，不然满地脸盆，叮叮当当，无处下脚。要么洗脸时我的屁股碰了你的头，要么我下床时踩着了你的肩……夏季拍蝇斗蚊战斗不止，冬季披被踱步有助取暖，有时一晚上，杯里的水竟然结了一层薄薄的冰花。住在这样的环境中，当时却并未觉得苦，而是离校多年后咂摸出来的。当时宿舍每天十点准时熄灯，学校虽不准学生点蜡烛，但是经过长期的斗智斗勇，大家都摸索出了宿管查宿的规律，每次赶在宿管查宿前都能及时熄灭蜡烛，宿管走后每间宿舍立马又烛光摇曳。住校期间最难肠的是夜晚上厕所，校厕离宿舍远且无灯，所以起夜对女生来说就是一场噩梦。清晰记得那些焦灼与恐惧交加的夜晚，至今感恩曾经陪伴我起夜的女同学，患难见真情啊。

住校的日子，每天到了第三四节课已经饥肠辘辘，经常心里数着点下课，最后一节课铃响，我便以箭一般的速度冲向宿舍，抄起瓷饭盆便往食堂跑。那时住宿生吃饭凭饭票，而饭票则是用小麦换取的。用二两饭票在大灶（汉餐）吃一顿面，肚子也就糊弄过去了，但大灶总是油水少，吃久了总觉得胃里寡淡得慌，此时便换到小灶（回餐）去吃。开办小灶的一家是外地人，伙夫是一个胡子拉碴的中年男人，打下手的是他媳妇和儿子。给学生盛菜时，中年男人会习惯性地晃荡两下勺子，觉得妥当了，才通过送菜口盛到学生饭盒里。二两米饭，连我这个女生也经常感觉吃不饱，饭后会再吃些从家里带来的干粮。小灶饭菜油水多、饭香，只是卫生亟待提高。夏天经常吃意正浓时发现一只恶心的苍蝇。有一次，第一次吃到了苍蝇，我便壮着胆子向小灶老头要说法，其实就是让他重新盛点儿菜，那老头一脸不高兴，嘟囔道：“谁家的锅里还不掉个苍蝇！”然后极不情愿地给我盛了一勺。我欢天喜地地捧着饭盒回到宿舍，一吃又发现一只苍蝇，此时心情低落至极点，肚子却仍是空的。一向脸皮薄的我不好意思再去一趟，只好把饭票给同学，央求重新帮我打一份饭。如释重负地吃第三碗的时候，又发现了不明物体……

虽说小县城的治安总体比较好，但是也有那不守规矩的歹人，专干些伤人的勾当。一次，月黑风高的夜晚，隔壁的女生在校厕被歹人打破了头。仍记得那个夜晚，凄厉的惨叫声从校厕传来，随后听见女孩的号啕大哭声，大家都猛地从床上蹦起来，互相询问出了什么事情，后来才知道，歹人一直躲在厕所的拐角阴暗处，只是夜太黑，当时一伙女生进去谁都没有发现，而出事的就是最后一个出来的女生，好在女生仅是头被打破，受了惊吓，休息了一段时间，也就慢慢回转。经过此事，校厕终于安上了灯，但是那灯总是莫名其妙地隔三岔五被人打破，所以这人心也是忽明忽暗的，每人心里都自求多福吧！后来多次听说各种版本午夜惊魂的故事，有夜半醒来发现屋内有小人在走动的，有发现门开着打算下地关门时却被床下隐藏的男人吓到的，有经常听到抠门声和撬门声的，有看到窗户上趴着鬼魅一样的黑影子的……每一件事情，听上去更像是故事，但却不是故事，足以让每一位听者大气不敢出，飞走了三魂，走掉了七魄。

在那些艰难的日子里，姐妹们点灯熬油，仍然坚持刻苦学习，最终我们那一级考出了学校成立以来的最高水平，产生了全县第一个北大生，重点院校和普通本科院校上线比例创下历史新高，而我们宿舍就有好几个姐妹上了重点线。艰难困苦，玉汝于成。可能正是那些困难的日子给了我们前行的动力。“走出去，一定要走出去。”这是大家内心的呐喊。如今，回想起这些悠悠往事，漫漫长夜，絮絮叨叨地讲给自己的孩子听，更像是诉说一个古老的传说。苦难未必造就辉煌，但是吃苦耐劳却是每个人受用一生的品质。

此情可念

一、历史回溯

陶乐县第一中学始建于1957年，最初在陶乐县城马太沟小学设初中部。宁夏回族自治区成立前一个多月，即1958年9月，在陶乐县东边兴建了校舍。1970年设立高中，为完全中学，校名改为陶乐中学，实行两年学制，我父母上初、高中时便实行的是两年学制。1980年初中改为三年学制，时隔两年后高中也改为三年学制。1986年，陶乐中学更名为陶乐县第一中学，同年投资兴建了教学大楼，这便是我后来初一、初二上课的教学楼。1998年自治区政府投资筹建了更大的综合教学楼，1999年我升入初三时便搬进了新教学楼，直至2003年高中毕业。

二、人生阶梯

陶中历史悠久，可谓桃李满天下，不仅承载着父辈们的梦想，也承载着我们的梦想。1977 年全国恢复高考，第二、三年，我的父母相继参加了高考，因为恢复高考前，学校主要以劳动为主，教学为辅，学生底子普遍较差，故考上大学者寥若晨星。听母亲说，她们上学时学生经常到处劳动，高考那年，她所在的班级只有一位姓吕的农村同学考上了大学。那年月，出一名大学生堪比如今的神舟飞船上太空，那绝对是万众瞩目的爆炸性新闻。若想脱离农籍，上大学是农村寒门子弟实现鲤鱼跳龙门的唯一途径。

我父母上高中时仍处于计划经济时期。因为农村户籍，母亲高中毕业即面临回家务农，而具有城市户口的学生，高中毕业即可分配工作。上学时虽为朝夕相处、形影不离的闺中密友，毕业后因为生活和工作的巨大差异，终是渐行渐远，这是母亲念叨了一辈子的事情，同一个班级的同学，因户口的差异，毕业后命运迥异，母亲说，这都是“命”。

改革开放后，国家各项事业百废待兴，但那时受过高等教育的人才少，社会发展奇缺人才，此等情况下中专政策出台，免学费、包分配，上学还有粮油供应和伙食补助，毕业后的铁饭碗和干部身份待遇，使得在录取率不足 10% 的情况下，一批天资聪颖且家境贫寒的农村子弟，通过勤奋好学以优异成绩被选拔进入师范、卫生、农林、财税等中专学校。我的表哥、表姐等即是通过这条道路实现了人生进阶。据统计，1990—2000 年十年间，陶中共向全国各大专院校输送高校生 400 余名，其中涌现出一批留学生、博士、硕士，比如刘文哲、王艳云等，那个年代听到他们的事迹，觉得他们一定是文曲星下凡，简直是神一样的存在，真正是惊为天人！

我上初中已快到了千禧之年。1997 年是个刻骨铭心的年份，先是邓小平去世，举国悲痛，全家落泪，几个月后香港回归，又两个月后我上了初一。记忆中，那时初三和高中教室皆为老青砖瓦房，唯有初一和初二教室在三层楼。因为从小深刻体会到农人的不易，从小被周围考上学的正面典型刺激着，从小被父母或耳提面命或苦口婆心地叮嘱着，故我一进校门，眼睛便不由自主瞅向高年级教

原一号教学楼

室，我要看看，看看他们在学什么、怎么学，一者说不定哪天能盯出一个将来的状元郎，二者我要把他们的本领都学到，初一就这样在懵懵懂懂中度过。

20世纪90年代中后期，国家不再对中专生包分配，故我的一拨堂哥、堂姐、表哥、表姐选择继续读高中。初一下晚自习，我常常趴在旧教学楼的窗台上，看着对面灯火通明的高年级新教学楼而怔怔发呆，我梦想着自己通过高考而飞黄腾达、衣锦还乡的那一天。

不知是记忆中的还是梦里的场景，旧教学楼后是一大片荒地，杂草丛生，夏季芦苇森森，秋季蒹葭苍苍，因背阴，且常年少人活动，总觉得那里透着一股阴森之气，打那儿经过，凉风一吹，便会惊惧地朝那儿望一眼，然后不由得加快脚步。1999年，我上了初三，因缘凑巧，也是机遇难逢，我的政治老师也曾是我父亲的老师，在他的教授下，我的政治成绩出奇的好，冥冥之中似有某种关联，爱好文学的我后来却读了政治专业，然后沿着这条路，渐行渐远，此是后话不提。

日子在无数个日日夜夜的苦读中走过，琅琅的读书声，灯火通明的教学楼，烛光摇曳的宿舍，而我永远是那个一睁眼心中的学霸已无踪影，白天信心满满，夜晚依然熬不过丑时的主，困倦排山倒海般袭来，我只好拿着课本疲倦地离开了教室。黑夜中，星河灿烂，校园的夜静得能听到自己的心跳，蓦然回首，高三教室依然那么灯火璀璨，心怀几分懊恼的我暗下决心，明天要早起。

时光匆匆，转眼到了高考季，因我天资一般，故我最终只是上了普通本科，相比我们那一届的辉煌：建校以来产生了第一位北大生，上重点大学者更是比比皆是，我，真的是那个普通得不能再普通的。比上不足，但对于祖祖辈辈面朝黄土背朝天的农村人，能考上大学已是十分让人高兴的事，何况我还是家族第一个女本科生，生产队第一个女本科生。我虽不才，但父母依然乐开了花，那段时间，父母总是笑盈盈，不善言辞的父亲锄地时偶尔会在烈日下哼唱两句。普天之下，从古至今，父母的心情皆是同样，望子成龙，望女成凤。子女若成才，便觉日子更有了奔头。时隔多年，历经人事，回首往昔，依然无悔，正如东方甄选主播董宇辉所言："当你背单词的时候，阿拉斯加的鳕鱼正跃出水面；当你算数学的时候，南太平洋的海鸥正掠过海岸；当你上晚自习的时候，地球的极圈正五彩斑斓。但少年，梦要你亲自实现，世界你要亲自去看。未来可及，拼尽全力。当你为未来付出踏踏实实努力的时候，那些你觉得看不到的人和遇不到的风景都终将在你生命里出现。"每个人虽然不能选择自己的出生，但是只要肯努力，都可以通过高考这条公平公正的通道，实现人生的跃升，是量的积累，也是质的提升，"凤凰涅槃，浴火重生"。此时，我命由我不由天。

三、学习插曲

在学校，除了学习，日常中也有围绕奇闻逸事、绯闻八卦、红学三国等而展开的激烈争论，也有青春期为之倾慕的同学而烦忧，也有为那寻寻觅觅的眼神而无处躲藏的焦虑，也有为同学之间的小摩擦而苦恼，也有为一次模拟考试的失意而落寞，也有为成功的话剧表演而激动得难眠，也有为永远落在最后的体育成绩而烦闷……

记得有一年期末体育考试项目是前滚翻，看着别人轻车熟路地颠来倒去，于我而言却是难于上青天，一者觉得女生做此动作不雅；二者我做此动作，绝对不雅。果不其然，不仅一个跟头翻不过，并且每次都会四仰八叉地躺下。唉，体育，带给我的……

失之东隅，收之桑榆。我虽动作笨拙，却有一副还算拿得出手的嗓子，故但凡文艺活动，我越发卖力地歌唱，从《甘十九妹》主题曲《侠客梦》到《新白娘子传奇》主题曲《千年等一回》，再到叶倩文的《潇洒走一回》，我尽情地用嘹亮高亢的歌声征服“世界”。功夫终不负有心人，最终在班里收获了一波粉丝。尺有所短，寸有所长。每个人总能在这个世界找到属于自己的存在方式，而我们所能做的就是充分发挥长处，以使长处更长。

陶中六年，留下了一笔今生难忘的青葱岁月的回忆，酸甜苦辣，皆是美味。

四、食堂和住宿

陶中印象里，还不得不提住校生的吃与住的情况。

那时，学校有两个食堂，一个回餐（小灶），一个汉餐（大灶）。起初小灶在新教学楼的西南角（如果记忆可靠的话）。记得一年冬日大清早去小灶买饼，只见灶房雾气缭绕，小灶掌柜在白茫茫的水汽中稳稳地站在一把大凳子上，用铁锹一样的锅铲卖力地翻炒大铁锅里的菜，那大铁锅却比农村杀猪锅小不到哪里去，我被从未见过的排场和豪气镇住了，足足地观赏到把手里的饼子吃完才意犹未尽地离去。后来，小灶搬到了学生宿舍的东北角，与大灶东西对峙，中间隔着一个旧教学楼。住校的日子，每天到了第三四节课学生已经饥肠辘辘，经常心里数着点下课。安静的课堂常能听到学生的肠鸣，遇到此等情形，脸皮厚的男生偷偷一笑，女生则会脸红。最后一节课铃响，学生以箭一般的速度冲向宿舍，抄起瓷饭盆便往食堂跑，跑得快的兴许还能赶上第一锅热面，再给食堂大妈一个笑脸，说不定还能多得一筷头面条。那去得晚的只能耐着性子等下一锅。那时吃饭以吃饱为主，大灶油水少，但量比小灶多，用二两饭票吃一顿面，肚子也就刚够糊弄过去。因为每星期带的饭票有定额，放开吃，后几天就只能饿着肚子。尤其遇到周末刮风下雨下雪的天气，住宿生无法回家，家远的更要精打细算。手里捧着热腾腾的面条，学生一排排蹲在食堂门口，晒着太阳，稀里呼噜吃得可劲，一会儿工夫便见了底。吃完早的免不了看看仍在埋头苦吃的同学，顺着那吸溜吸溜声不自主地咽两口唾沫，也算是对这碗热面的回味。

学校的住宿环境是在我离校多年后才体悟出的苦。五六十平方米的砖瓦房里，高低铺，床紧挨着床，一个宿舍住了二十四五个人。夏季蚊虫成群，冬季哈气见白，有时一晚上，盆子里的水竟然结了一层薄薄的冰花。在通信基本靠吼、取暖基本靠抖的日子里，因为姐妹多，心里倒也热乎。当时宿舍每天十点准时熄灯，学校虽不准学生点蜡烛，但是经过长期的斗智斗勇，大家都摸索出了保安查宿的规律，每次赶在保安查宿前都能及时熄灭蜡烛。保安走后，每间宿舍立马又烛光闪闪。不好的地方是，校厕离宿舍比较远且无灯，夜晚寻坑基本靠感觉。多少次梦里，我梦见自己掉进那深不见底的大坑……然后挣扎着醒来。因为此种情况，许多女生一到晚上不敢多喝水，要么上下晚自习不管有无内急，皆跟着同学意思意思。

关于住宿，记忆深刻的还有一件事，有一年住宿生较多，因为宿舍不够，学校把几间放杂物的平房清理出来，然后让男生用砖码了大半个屋子，码好后木板挨着木板拼成一个大通铺，所有的男生挤挤挨挨地睡在一起，头顶着头，头挨着头，脚对着脚，黑压压的一片，弟就在其中。经常听闻，睡到半夜男生宿舍床塌了，想想，砖头垒的床，活动几下可不就松了。我常常打那个宿舍经过时都忍不住偷偷向里张望，想看看他们是怎么生活的，比起他们，我们似乎更应知足、幸福。当然，这一切是物资匮乏年代的必然，如今的校园早已焕然一新，从教学楼到宿舍楼，从教师办公室到学生食堂，一切硬件设施都向高标准看齐，“鲜衣怒马少年时，不负韶华行且知”，生逢盛世当不负盛世，生逢其时当奋斗其时，少年更应努力，再接再厉，以青春之力谱写新时代华章。

今日陶中

五、校外操场

陶中，除了校园，学生另一个活动场地便是操场，出了学校西门的右手边便是。听老一辈讲，操场大约建于1985年。有400米环形跑道、水泥篮球场、绿色草坪足球场，用铁栏杆与四周居民区隔开。因我天性不爱运动，每日的晨跑便成了我的“酷刑”。虽缺少体育天分，但是极爱那些潇洒地奔驰于足球场和在篮球场挥汗如雨的男生，更爱那些热爱跑步和打排球的女生，运动不仅可以强身健体，而且可以释放青春期过多的荷尔蒙、宣泄各种负面情绪，运动使人有力量、有激情、充满活力，虽然这样一番别样的体验是我未体验过的，可我却能感应到。每年学校都在操场举办运动会，中长跑、短跑、接力、跳远、扔铅球……我向来都是浅尝辄止，打打酱油，但这并不影响我为体育健儿摇旗助威的热情与激情。记忆深刻的是有位叫石蓉的女同学，每次赛跑都像脚踩风火轮，风驰电掣，我经常激动地在外围为她鼓与呼，真正的让我望尘莫及。

关于陶中的记忆，还有许多许多，记忆的闸门一旦被打开，相信每个人都有说也说不完的话。曾经的相聚相知，虽然在你的记忆中已不再清晰，却时不时被熟悉的乐曲唤醒，被清幽的花香唤起，被斜风细雨打湿，被吹起的书页拨动，被滑落的素笺触动……仿佛是午夜那首悠扬的乐曲，再次想起，依然是我们最熟悉的旋律。感谢陶中，感谢生命中的那些相逢。

时隔久远，记忆难免残缺不全，心中时有狂风细雨，写的过程思维是跳来跳去。只是时代洪流滚滚向前，人是那么容易被时代裹挟而遗忘许多珍藏心底的鲜活记忆，这时就需要文字或声音的输出才不会被淹没在岁月的林海雪原深处。两笔三行写不尽相思，几缕清风，就着如水的清辉、素简之心入笔，携带着温暖的痕迹，植入心中。山河有荣枯，唯有念如故。

孩子，你慢慢来

我出生于二十世纪八十年代西北川区一个小村子，据长辈说，人民公社时叫东方红，包产到户后叫六顷地。从地名可以看出，这是一个和土地息息相关的小村子。据说很久很久以前，祖辈是从陕西佳县逃荒而来，一路扶老携幼，筚路蓝缕，靠讨饭走到了宁夏的黄河边，看到这里一马平川，河水滔滔；沙鸥翔集，锦鳞游泳；岸芷汀兰，郁郁青青。大伙起先一愣，旋即喜笑颜开，就是这里了，终于有了落脚的地。祖祖辈辈披星戴月，不辞辛苦地开荒种地，一年一年有了收成，不仅吃饱了肚子，粮食还有了富余。只是二十世纪八十年代初，国家刚改革开放不久，国力整体较弱，在西北这样闭塞的小村庄，虽为川区，人们日子依然过得清贫。

那时人们虽能吃饱肚子，但也仅是解决了温饱问题，记忆中，大人经常为农田开支、为子女上学、为过年过节等发愁，我家也不例外，卖粮、卖羊、卖猪……学费经常是东拼西凑，要么为了学费父母总是吵吵嚷嚷，父亲那声悠长的叹息时常夜半在我的耳边响起，那时的我不明白农民过日子的难，反正都不用我操心。上学时，我很少有零花钱，父母也很少给我们买零食。记得上小学三四年级时，大概是家里卖了羊，父亲破天荒地给了 2.6 元让我自由支配，虽然对校门口的糖瓜瓜、糖葫芦等各色小食眼馋了很久，但终是舍不得花，我把钱装到裤兜里，上课时隔着裤兜摸摸，心里那叫踏实，下课后从兜里掏出来瞅瞅，满意地笑笑，最后，掏来掏去竟不知去向，为此我难过了很久……

我家情景虽如此，但是父母都晓得再穷不能穷教育，为了让孩子上学，我的父母也同其他父母一样，绞尽脑汁为我们姐弟凑学费。记忆深刻的有两次父亲为我们凑学费的经历。一次，爸听说老鹰能卖钱，于是和邻村的一个叔叔起早贪黑去河滩地捕捉老鹰，捉回来的宝贝被爸养在我家西边放粮食的屋子。至今依然记得那只眼似灯笼、扁脸、毛头的老鹰，见到我们急忙躲闪，两眼充满恐惧。人不在时，便孤独地站在高高的粮仓上（那年月，粮食不值钱且无人收购，所以即使有粮，农人依然为生计发难）。小小的我，既为抓鹰卖钱一事觉得羞于见人，又心疼老鹰，更发愁学费。在捉回来老鹰还没找到买主时，却意外听说鹰是国家保护动物，捉老鹰犯法，这可愁肠坏了父亲，母亲更是提心吊胆。一天，在一个夜黑风高的夜晚，全家正在酣睡时，被屋外嘈杂的人声和刺耳的喇叭声吵醒，迷迷糊糊中，全家人第一反应，坏了，东窗事发，警察来抓人了。爸顾不得穿外套，踉踉跄跄、跌跌撞撞地赤脚飞速跑到放鹰的粮屋躲了起来，这感觉似要与老鹰共存亡。全家人都来不及合计怎么统一没有犯法的口径。剩下惊慌失措的娘仨，感觉天被捅了一个窟窿，母亲失魂落魄地去开门，这才看清是爸的战友半夜开着吉普车来找爸……那一刻，我狠狠地瞪了爸一眼。后来，艰难捉回来的老鹰终是被爸半夜偷偷放了生。另一件事，爸为了帮我们凑学费，卖了与我和弟关系最好的一只绵羊，它的名字叫“黑脊梁”，那几日，我和弟总是浑浑噩噩，结果兜兜转转三四天后，羊没被羊贩高价倒卖出去，又被退了回来，为此，妈生爸的气，而我和弟却乐开了花。

岁月流转，日子在艰难中前行，2003 年我上了大学，2004 年国家对农民实行粮食直补，2006 年国家全面取消农业税，2010 年新农合覆盖范围扩大……我家的水稻丰收了，粮食也值钱了，爸也开始做起小生意，日子一天天蒸腾了起来。父母常说，我家的日子是因为我上大学带来的好运。上大学似乎是个分水岭，殊不知，这是国富民强的真实写照。

“一粥一饭，当思来处不易；半丝半缕，恒念物力维艰。”从苦日子中过来，更懂得父母的艰辛与金钱的来之不易。记得上大学时，舍友大部分来自农村，大家经常比着每月谁的生活开支小，最狠的一位，吃了一个月馒头就豆腐乳，而我因为胃受不了坚持到一半就缴械投降了，但是每次去食堂专拣那便宜且量大的吃，比如土豆丝；一件38元从商城买来的青色棉衣，愣是穿了几个冬季，直至大学毕业。刚参加工作，为了省房租，租到一处偏僻的旧房，碰到乌七八糟的合租者，每天提心吊胆，不论何时在屋子，随身备匕首，床头放菜刀，进屋立马上门闩，然后用桌椅抵挡……为了不向父母伸手要钱，这种为省钱对自己近乎苛刻的要求使得我几近神经衰弱。有时加班到晚，从单位坐公交到出租房，坐在车上，看着暮色四合，华灯初上，繁华的都市到处灯火璀璨，仰望星空，却时常想起老家的夏夜，蛙鸣狗吠，家人手摇蒲扇，院中享受暑热中难得的清凉。雨天，看到滑落车窗的雨滴，一道道，恣意横流，像是离乡孩子的泪。走在熙熙攘攘的人海，听着熟悉的音乐，莫名会流下眼泪……日积月累，后来兜里终于有了更多属于自己的票子，我自信满满地在超市溜达，可面对令人眼花缭乱的商品，曾经那些令我垂涎三尺的零食，如今再看，却是毫无兴趣。人生，没有在合适的年龄吃到心心念念的美食，终归是一件憾事。再后来，那些曾经令我艳羡的一切物质的东西似乎都不再遥远。时间，最终给了所有孩子一切他们想要的，哪怕过程漫长，哪怕我们努力的终点可能仅仅是别人的起点，可是靠自己的双手，踏实、可靠、安妥、值得。

当日子好后，我仍然不习惯买贵的东西，偶尔进了高档场所会局促不安，碰到热情的销售员会逃之夭夭。从岁月中走来，克制、俭省、冷静已经成了我自觉的习惯。当然，我知道吃苦不是目的，苦是为了甜。当你有了足够的能力，应该让自己的生活好起来，并且应该让自己的父母生活好起来。若有一天，物质强大到可以帮助更多的人，那将是一件值得称赞的事情，此时的苦更具有社会价值。

时光清浅，岁月如歌，如今，漫步于幽静的公园，享受沁心的凉爽，感受着生命的激情和美好，感恩着生活的馈赠和鼓励，体会着人生的灿烂和多彩。以云淡风轻的心情，且行且珍惜，将流逝的过往，用淡墨素笺留下飞鸿雪爪，于时光深处浅笑嫣然，心与阳光同在，静听四季花开。

风雪知心

夜，牧羊

子夜，万物回归宁静，辗转反侧，下床，拉开窗帘，明月的清辉洒满人间，月光如流水一般，透过窗户静静地泻进来，一切笼罩在薄薄的轻纱中。躺回床，看着窗外，脑海中闪现了一群羊，绵羊，山羊……

“大黄头”，绵羊，通体洁白，脑袋上有一撮黄毛，体格健壮，皮实，循规蹈矩，见绿便啃，口泼，从不挑肥拣瘦，每次放牧归家时肚子都是圆鼓鼓的。就连下的仔也遗传了妈妈优良的基因。肥羔仔，叫起妈妈来脆生生的甜，通体拉丝卷，走起路来像一团移动的云，一团高贵的云。我常常梦想脸挨着它的卷卷毛好好地蹭一蹭，可惜，这小家伙却从未让我称心如意。

“黑脊梁”，绵羊，除了脊背和眼窝两坨黑，其他均为白色。这家伙坏，最坏，偷吃庄稼、撒腿疯跑、挑肥拣瘦，它最能，为这我没少挨骂、满头大汗长跑过，可每次归家时它的肚子都是瘪的，咩咩地朝我叫个不停，可怜见的，所以，但凡草多的地方，我都紧着它先吃，还不忘边走边多拔些草，到了草少的地方再用手喂着它吃。天晓得，看着它津津有味地嚼着我手中的草，内心是多么满足，有时竟然口内生津，直咽唾沫。这家伙是所有羊中最懂我的脾性且最不怕我的，常常干了坏事见我作势要打它时，便低着头灰溜溜地早早跑掉了。真正的令我爱恨交加。

我可爱吗

“黑脊梁”有过一次被爸爸卖掉为我凑学费的经历，当时心里虽有万般不舍，可还是含着泪，不忍地看着它被收羊人拉走……哪知，兜兜转转三四天，收羊人竟没有把

“黑脊梁”高价卖掉，折回来找爸爸要退羊，因为都是相熟的人，妈妈虽然脸上写满了不高兴，可爸爸还是慷慨地接收了，为这，妈妈生了爸爸很久的气，但我和弟弟却是最高兴的，失而复得，更觉亲昵，从此我更懂得了珍惜。

“撇蹄子”，山羊，这个名字是我和弟弟给起的，因为它的蹄子硕大无比，两个前蹄朝外撇，走起路来似外“八”字，还一甩一甩的，嗒嗒作响，带着节奏。初来我家时，它奄奄一息，因为那几年内蒙古大旱，草场没了草，好多羊只被饿死。爸爸身背干粮，凭着两条腿，来回几百公里，花了十来天时间愣是从内蒙古赶回了一群几近咽气的、瘦骨嶙峋的山羊。从此，我的日子更难挨，前面是跑得起劲的土著绵羊，后面是走着走着就躺倒的内蒙古干瘦山羊，人不拽一把，起都起不来；好不容易拽起来，一转眼，又晕倒了，一个接一个……那段日子，赶着一大群品种和颜色不一的羊，我每天声音嘶哑，精疲力尽，两条腿像是被灌了铅一样。日子在委屈和忍耐中慢慢过来了，起初发声都微弱的山羊，慢慢地活泛了，叫声响了，毛顺了，毛色亮了。“撇蹄子”在我和弟弟悉心照料下，更像一只山羊了，常常远远看见我，就嗒嗒地甩着大蹄子过来要亲昵。

夕阳下，黄河边，茫茫芦苇荡，微风过处，顺风摇摆，发出簌簌声响，送来缕缕芦的清香。小野鸭，跟着鸭妈妈，轻盈地浮在水面，偶尔发出啾啾的叫声；叼鱼鹳或飞翔，或俯冲水面，不时有鱼儿被叼出时还拼命甩动着尾巴，眨眼工夫，叼鱼鹳便高昂着头叼着鱼飞向远方；一两只鱼鹰高空展翅，左右盘旋；不时有鱼儿跃出水面，画了一个优美的弧线，然后咚的一声入水，击起几束水花，水面立刻荡漾开圈圈涟漪；小河边，有长腿鸟儿在三棱草中金鸡独立，呆头呆脑地兀自小憩，抑或悠然地漫步水边，偶尔低头寻些吃食。不远处的水边横着或大或小的废旧木船，有鸟儿蹲在上面歇息。

远处，滩涂开阔，绿油油一片，也有农人种的油葵，亮闪闪地开着黄花，落日的余晖洒满人间，给所有事物镀

花中精灵

上了一层金黄的颜色。夕阳将落尽，只剩一襟晚照。贺兰山在淡蓝色的夜幕衬托下渐渐变得黑黢黢的，仿佛一幅水墨画。这个时候也是夏季最舒服的时候，微风拂面，挠得人痒痒的，蚊虫还未上来，羊儿低头悠然地啃着草，齐刷刷的。我挥舞着羊鞭，对着我心爱的羊儿高歌一曲，算是为这落幕的晚宴助兴。四周空旷，歌声悠远，伴着羊儿吃草的节奏，此时的一切仿佛充满了知足、快乐、安详。

上大学前，那些年，寒暑假，说话最多的是给羊听，夏天，滩里说，冬天，圈里说；歌最多的是唱给羊听；看得最多的也是羊吃草、反刍。羊，什么时候都是我最忠实的听众，有时还会抬头怔怔地看着我，然后对我会意地咩咩叫。读书多年，如今，工作又多年，这样的夜，想羊，多过想人，我想是那份熨帖和安妥的感觉使然吧，有时我也在想，这可能也是我将近不惑之年至今不敢、不会在人多的时候说话的原因吧。日子，就像这羊儿的卷卷毛，虽然剪掉了一茬又一茬，回头依然洁美旺盛，想着想着，便觉这细水流长的日子更加耐人寻味、隽永、安详，就像这洒满清辉的夜。

风动影移

过一段时间，当忙忙碌碌的工作迟钝而无效率，两点一线的生活枯燥乏味到烦闷时，周末回趟乡下老家便是放松身心的不错选择。

当班车渐渐驶离都市，映入眼帘的不再是车水马龙、熙熙攘攘的人群、鳞次栉比的高楼，取而代之的是平坦的原野，铺展开的绿油油庄稼地，田野中星星点点劳作的农人。“孤村落日残霞，轻烟老树寒鸦，青山绿水，白草红叶黄花。”面对此情此景，身心不由得放松，整个人变得异常安静。以前奇怪于这样的心理变化，如今想来，与快节奏的都市生活相比，“采菊东篱下，悠然见南山”的农耕社会，其本身是一种慢文化的象征，人因“忙”而“心亡”，慢，的确可使人明心见性。

回至老家，必做二事，白天下地、转河滩，夜晚与母亲睡在明月朗照的土炕上畅聊村庄的家家户户、祖祖辈辈。

白天，踩在曾经为之流汗流泪甚至流血的田地，那感觉亲切得清晰如昨，确是如此踏实可靠。看着小麦、玉米、豆子……在风中摇曳，就仿佛看到了村庄故去的老者、年轻的父母、年幼的姊妹，看到了一个逝去的年代。人，真的是很奇怪，曾经拼命想逃离的地方，如今却是如此眷

恋。我是泥土里长出的一株草，立于天地间，仰则观象于天，俯则观法于地；达自然之至，畅万物之情。一个人，无论他将来走了多远的路，挣下多大的天，其生命始终带着养育他的土地赋予的烙印，本我的底色、底气始终来自养育他的这片土地。

行走在纵横交错的田埂上，随手扯几根嫩嫩的青草塞入口中，慢慢回味这来自大地的味道；采撷几颗苦豆子泡泡，捏得啪啪作响……这些无意识的动作，原来已深入骨髓。

当夜幕降临，偶尔传来几声狗吠，夜聊的序曲便拉开帷幕，从庄子的第一家开始，一家一家，一人一人，仔细询问母亲到最后一户一人，整整四十户左右的小村子，一家不落，从岁月深处到今时今日，从垂垂老者到蓬头稚子，何处？干吗？安好？这三问定要详细知晓。土地是我的根，村人是我的经脉。如今，这四十户人家仅剩下不到二十户。这二十户中，年老者固守着这片疆域，从日出到日落，逐渐凋零；年轻者，或出外创业自有一番天地，或永离故土扎根都市，或游走于城市与乡村。这样宁静的村庄，这样规整的新农村屋舍，这样平坦的新农村村巷，这样亮堂的新农村夜路，这样绿树成荫的庄子，如今却多了几分孤寂。

时代的潮流奔涌向前，浩浩荡荡。人的新陈代谢如同这年复一年的四季，是轮回，也是回归。人靠土地生活，最终又回归土地，从欲望到需要，都沉淀在乡土里。人法地，地法天，天法道，道法自然。

春有百花秋有月，夏有凉风冬有雪，一年四季季季美。逝去的珍藏于心间，拥有的彼此更加珍惜，明天的顺其自然，这也许是我们面对人生所能拥有的最好心态。

夜深了，炕的一头传来了母亲微微的鼾声，转身，看到了屋内墙壁婆娑的树影，斑斑驳驳，风动影移，那一瞬，很美，很美……

春之歌

“咕咕——唰，咕咕——唰”，咦，什么声音？听起来好熟悉，这清脆的叫声，似乎有段时间没有听到了，想想……哎呀，我们亲爱的老朋友、春天的使者老咕咕回来了。娃娃抬头仰望天，咦，怎么没有？四下里张望，哦，原来这家伙在树枝上。

枝头小憩老咕咕

老咕咕，学名戴胜，俗称“呼哱哱”“山和尚”，古籍中称“鵀”，宁夏银北人称老咕咕。体长约三十厘米，具有栗棕色的羽冠，脖子和胸部等与羽冠颜色差不多，但是色较浅，下背和肩羽色黑褐而杂有棕、白色斑，尾羽黑色。筑巢于树洞或墙洞中，喜欢吃昆虫，分布于我国各地。看到老咕咕，娃娃喜上眉梢，笑眯眯地问：“喂，老朋友，这一冬可好？见到你真高兴。春天来了，万物要复苏了！”老咕咕飞到这个枝头，旋即又飞向那个枝头，美丽的翅膀不住地扑棱着，叫得更欢实了，像是在对娃娃说：“喂，你好，老朋友，我们又见面了。”

看到老咕咕，娃娃不免想起小燕子，这巧嘴小朋友还未见，不知道它们还有多久才回来？经过一冬的蛰伏，看到候鸟归来，娃娃心情甭提有多高兴！

时令已至四月，天气慢慢转暖，遥望广袤大地，已不再是冬日荒凉的景象，到处是吹面不寒杨柳风的惬意和舒畅。此时，水光潋滟晴方好，风和日丽天高远，一到上午热得人满头大汗，只想跑到阴凉处凉快凉快；大中午，明晃晃的太阳照得娃娃将眼睛眯成一条缝。这样热的天，小燕子怎么还不来？应该快了吧！娃娃心里念叨时，突然，“叽叽——喳喳，叽叽——喳喳”，声音由远及近，心头为之一颤，直击人的心脏，是它，就是它，抬头，几只小燕子正在蔚蓝的天空中自由欢快地飞翔着。它们的外语说得还是那样流利，听起来还是那样悦耳。娃娃欢喜得蹦蹦跳跳，嘴里不由自主地哼唱：“小燕子，穿花衣，年年春天来到这里……”

春眠不觉晓，处处闻啼鸟。一切都在萌动，一切都在生发，一切都在跃跃欲试。新的一年，充满希望的季节，为了内心的悸动，为了心中的梦想，娃娃决定将与春同怒放，一起播撒希望的种子，一起创造更加美好的明天。

春的使者

故　乡

一

悠悠梦中又还乡，月是故乡的圆，夜是故乡的黑，星是故乡的明。老院、老树、老墙、老屋依旧，老人荡漾在记忆的年轮中。悠悠岁月，似水流年，无法涤荡记忆深处的回音：狗吠、鸡鸣、羊咩、鸽咕哝、孩童嬉闹声、母亲村头呼儿声、牧羊人扬鞭吆羊声……默看羊嚼草，抱着小咩亲不够。爬高看日落，高声一嗓惊鸟飞。迎风状展翅，左顾右盼间，清嗓忙放歌……家人围坐，灯火可亲。

二

一首轻柔的曲，勾起儿时记忆，仿佛隔了千载悠悠，

细数流年

却袅袅娜娜、翩跹而来，萦绕于耳旁，轻绕于指尖，明灭于眼前，令我情思悠悠，心神荡漾，沉醉不归……浅浅时光，就这样流淌多好！什么也不去想，只任这一世温柔浸裹。

哭一场，笑一场，醉一场，梦一场。盼来满树和娇烂漫红，万枝丹彩灼春融，待到秋风起兮白云飞，草木黄落兮雁南归，怎奈你归来是诗，离去成词，扶摇于九重天，我无法碰触，只任一首浅浅离歌，将你送别。

三

清浅流年，时光潋滟，只愿觅得属于自己的一份静好，把时光婉约成一阕尽善尽美的词，珍藏进流年的诗集；把岁月描摹成一幅清亮明丽的画，在缱绻的诗意中化为永恒；把时光定格在落英缤纷刹那间，待到暮年阅卷，都是回忆，都是感动。温润如玉，素心若雪。浅浅喜，静静爱，物我相忘。

枝头鹊窝话思念

四

掸去尘埃，拉开窗帘，一任暖阳流淌。生火，烧水，看热气蒸腾，听沸水滚滚，老歌起，往事悠悠，计上心头。暖暖春日，翻地、下种、施肥，孩童忙放纸鸢；隆隆雷夜，亮如白昼，奶奶炕头叙说那绵长而动听的民间传说；雁飞时节，金灿灿的玉米整整齐齐地码在院门前；年节前，白雪纷飞，炸油饼、搓麻花，盛况空前。时光流转，岁月斑驳了双鬓，唯有这淡淡的乡愁历久弥新，灼灼其华。

五

独自彷徨在这孤寂而又寂寥的乡间，迎着清冷的风，默默地彳亍着，孤寂，惆怅。目之所及，满是疮痍，此去经年人独悲。犹记歌里繁华，梦里烟花。时光流转，岁月斑驳了记忆，唯留心间一颗朱砂痣。今夕七夕，今夕何夕？“春花秋月何时了？往事知多少……问君能有几多愁？恰似一江春水向东流。”千年隔空，唯有你知。

元　旦

二〇二二年元旦节，屋内，娃们嬉戏；屋外，炮声隆隆。“闲云潭影日悠悠，物换星移几度秋？”“年年岁岁花相似，岁岁年年人不同。”“流光容易把人抛，红了樱桃，绿了芭蕉。”水东逝，落叶飞，时光如沙漏，就这样不经意从指间溜走。

年年元旦节为一急书加班，因妈妈生病，今年元旦节归家。夜晚带儿和母亲外出吃饭，坐在温馨的小茶馆，氤氲在温柔的灯光下，看着绿树掩映的屋景，听着舒缓的音乐，兴许是被这样的气氛和美景感染，母亲和儿格外激动，言语多起来，笑容满面，神采飞扬，不时拍拍照，留下这美好的一刻，只愿岁岁安澜。屋外的阵阵爆竹声，正应了此刻的心情，充满了对新年的殷殷期待和美好祝愿。

这一年，母亲瘦多了，因为治疗，头发早已全部脱落，如今，痛苦而漫长的化疗接近尾声，头发渐渐稀疏长出。回想这一年，对母亲、对家里，似乎都是一个分水岭。确诊病情前的母亲还在忙着训练猫步，每天憧憬穿着优雅的旗袍，轻盈地走在亮闪闪的舞台上那一刻优美的样子，一定是仪态万方、风情万种；而今，对于母亲和我们，从确诊病情初的怀疑、震惊、绝望、痛苦、挣扎、迷茫，到被动接受、消化、吸收，一切都在时间的治愈下从狂躁变得安静。

这一年，为了治病奔波在人潮汹涌的医院，为各种与病情有关的事情操劳、愤懑、怒吼……病人很难，个中滋味，唯有自知。自此，母亲变得迟缓、沉默、寡言，偶尔发出一声长长的叹息。我知道，我懂。

因着父亲不想拖累儿女，一方面要到处挣钱为母亲和自己凑医疗费，一方面要经常奔波于家和医院。这一年家里的庄稼地里长满了草，母亲病前在小院种的蔬菜因疏于打理，无精打采，挂果甚少，即使坐果也小得可怜。虽然母亲曾拖着病体用长棍在田埂指导我多次打理这些她的挂念，但是这菜如同这人，主人病了，它也始终精神不起来……

我知道，有些话，有些痛，不是需要时时处处示人，我们都需要慢慢熬过一个又一个漫长的黑夜，静静的，尽量不去打扰别人的生活。生活教会了母亲隐忍，母亲又将这一品质传递给自己的儿女。或许，一切好的与不好的，最终都需要我们与之握手言和，无论对于自己还是他人，都是一种解脱。

归家，独自彷徨在这孤寂而又寂寥的乡道，迎着清冷的晚风，默默地彳亍着，看到自己长长的影子，院灯亮，蓦然回首，脑海闪现作家路遥在《平凡的时间》中的一句话：如果能够深刻理解苦难，苦难就会给人以力量……

禁　忌

乡风纯净，四野悠然，奶奶故事多，乡人禁忌多。离乡多年，有些避讳和禁忌，随着年龄的增长，不但没有磨灭，反而深入人的骨髓，伴随人的终身。比如见了旋风要躲着走，万一躲不开，记得要朝旋风吐唾沫，一下不行，需三下，一气呵成，不能拖泥带水。不能用手指坟，不能戴孝进旁人家……

小时候常看到一些树叶或者塑料袋被风卷到空中，风呈螺旋状运动轨迹。我便问奶奶，那青天白日、纹丝不动的四野里怎么就突然生出一股诡异的旋风来，奶奶常说，小旋风里有小鬼，大旋风里有大鬼，专门追阳气不足的娃娃，但旋风鬼怕唾沫，一吐唾沫它就绕道而行了。说来也奇怪，小时正在广阔的田间地头玩耍，刚还四野寂静，转眼就见鬼魅的妖风朝自己卷来，有时人往哪儿跑，它往哪里撵，把个娃娃吓得没处躲藏，情急之下反身勇敢地朝着旋风使劲吐啊吐，“呸呸呸”，干脆利落，那旋风果真就绕道而行了。

村中，奶奶耳提面命的禁地有一处，位于奶奶家老房子后面不远处。那里有两处连着的大土丘，土丘上长满了荒芜杂草，土堆旁则是一个不大的碱水坑，汇集有农田下渗水。奶奶时常严肃地告诫我们，土丘里埋着一位将军，一位德高望重的大将军，所以小孩子不能不知就里，随便跑到将军坟头去玩耍。奶奶叮嘱我们时时常神情严肃庄重，透着一股神秘的气息，似乎擅自闯禁地，就会受到神灵的诅咒一般。看到奶奶的表情，我怔怔的，常常有种接受神祇旨意的感觉，重重地点点头，信誓旦旦承诺一定听话。可胆肥的弟弟常常把奶奶的话当耳旁风，和村上的其他小孩夏天跑到鼓起的土疙瘩上玩耍，冬天到土疙瘩下的碱水坑滑冰，一年四季，春夏秋冬，似乎并没有什么未知的、不吉祥的事情发生。我心中困惑时总是免不了缠住奶奶问，到底这里埋着怎么样的大将军，为什么要埋在这里？……或许是故事流传太久远，或许是人们本一知半解，每次从奶奶口中只能知道他生前是一位受人爱戴的将军，带着兵打天下，对百姓有恩，再想深挖更多的故事，则往往一无所获。

将军坟旧址

夏天，我常常站在那片水坑前，呆呆地看着鱼儿、蝌蚪自在地水中游，看着岸边的青蛙鼓着腮帮子，听着它们美滋滋地呱呱叫，麻雀、喜鹊、斑鸠在鼓起的土丘上的枸杞树上合鸣，远处农人正在田间悠然地劳动，却从未敢像其他小伙伴跑到土丘上随意玩耍，我宁愿相信奶奶说的话，这里长眠着一位救苦救难的大将军，他没有后代，没人为他上坟、烧纸，所以更不能打扰到他。我想，他生前一定骑着高头大马勇战沙场，脱下军装则帮助百姓垦荒种地，助人为乐，救苦救难，不然为什么年代久远，岁月模糊了人的记忆，依然有人提起他，其他知之甚少，唯独他救苦救难的事迹代代流传而从未磨灭？

或许，奶奶希望他有一片宁静的安息之地，不被外界打扰，只静守着这片清澈的水汪，让这片土地和这片土地上的人们，在静水流深的岁月深处，得到宁静与安详。很久以后，再回老家，突然发现那两处土包连同那片水坑都不见了，情急之下连忙问父亲，得知被村人用机器推平开了田地，我问挖到人骨了吗？父亲说，总是没有听说，但我们小时候却是清楚看到过那土包下的棺材板的……

我再次默默地、静静地，迎着风伫立在那片曾长眠将军的地方，耳畔仿佛响起一首歌："风沙挥不去印在历史的血痕，风沙挥不去苍白海棠血泪，黄沙吹老了岁月，吹不老我的思念……"终有一天，我们都会像这位将军一样归于尘土，最终活在后人的记忆里，虽然不能像将军一样英名长流，可只要燃烧充分，释放淋漓，未必不能活出人生的高度和纯度……此时，天地间，仿佛只有我，站在岁月的深处，聆听着一个古老的传说，一个关于将军的古老传说……

雪的王国

清晨，一梦醒来，拉开窗帘，惊奇地发现外面一片银装素裹，飞珠溅玉，如天女散花，世界已置身于冰清玉洁、如梦似幻的仙境中，天地一色，分外妖娆，自有千般妩媚，万种风情。

今日之雪，乃今年之初雪，惊喜之情自不必多言。于我而言，今日之雪又多了一层意义，适逢自己今日生辰，这雪，似乎特地是为自己庆生的，悠悠扬扬，做尽轻模样，越下越可爱，心里甭提有多高兴。

来不及洗漱，迫不及待地推门而出，在飘扬的雪花中感受缱绻的诗意。

这雪，好像蓬松柳絮悄然飘落，纷纷扬扬是那样的柔美；这雪，好像冬日窗上的冰花，银光闪闪，点缀着这个美丽的空间；这雪，好像冬日河床底下的冰絮，碎碎点点，白得发亮；这雪，好像害羞的小姑娘，它们在空中你推我搡，互相笑着、闹着，当你伸手去接它，它却瞬间不见了。

晋代女诗人谢道韫的“未若柳絮因风起”，把雪花洁白的颜色和轻盈的姿态形容得惟妙惟肖。唐朝诗人李白晨起看到漫天飞雪，欣喜若狂，写下“盛气光引炉烟，素草寒生玉佩。应是天仙狂醉，乱把白云揉碎”，这充满奇思妙想又不失大气磅礴与瑰丽浪漫的描述，令人叹服，不愧是诗仙李白的手笔。宋代诗人陆游说：“山前千顷谁种玉？座上六时天散花。”大地一片苍茫，好似千顷白玉洒落人间，奇丽浪漫。用玉来比喻雪，其形像，其洁白的气质更像。元代散曲家薛昂夫说：“天仙碧玉琼瑶，点点扬花，片片鹅毛。”雪如碧玉，晶莹剔透；雪如扬花，翩跹起舞；雪如鹅毛，轻柔洁白，这个比喻真的非常贴切和形象。

我爱雪，不仅因为它美丽，同时，雪可以使人快乐。茫茫世界，细听落雪，在万物自在从容的节律中感受内心的平和与宁静，这是一种唯美的禅意，也是一种幸福。

我真想变成一位美丽的雪姑娘，永远在空中翩翩起舞，永不消失。

宝儿幼儿园毕业随感

碗碗碟碟杯杯陪伴了你三年，初入园你这个小男生整天哭哭啼啼，甚至因为幼儿园要求你多喝水而排斥去上学，不是借口幼儿园水烫，就是借口喝得太撑……一哭就折腾了半学期。妈妈奇怪别的小朋友最多哭一周就能适应幼儿园生活，而你竟然能闹一学期，为了躲避你的歇斯底里，妈妈把送你上幼儿园的任务塞给爸爸，因为妈妈：不知所措。后来你逐渐适应了幼儿园生活，虽然偶尔也会因为小感冒而偷懒不去上学，总体还是很珍惜全勤宝宝的荣誉。后来因为工作忙不常接你，大多数时候是奶奶接你放学。学校的各项活动妈妈也从未参与（遗憾）。哪料时光匆匆，转眼你要毕业了，每天一睁眼想到三年都没有好好陪伴你，浑身像过电一样警醒，妈妈很害怕——怕你长大。都说世上所有的爱是以聚合为目的，唯独父母对子女的爱是以分离为目的，遗憾错过了你最美好的幼儿园时光，心里默算着作为母亲的“有效期”还有多长。话说陪伴是最长情的告白，请给妈妈多留一些告白的时间吧。

无忧的童年

青春印记

下午，微信里的一条信息引起了同学在群里的热议，下班后打开仔细一看，原来是石嘴山市教育体育局关于名师的介绍，这位名师正是我们的高中语文老师——闫学军，看着文字介绍："很难忘，我在讲台朗读《为了忘却的记念》而几度哽咽；很难忘，我在朗读《我与地坛》时学生泣不成声；更难忘，我泛读《祭十二郎文》而泪湿巾衫；更难忘，我诵读《窦娥冤》时学生低声啜泣……"思绪一下回到了二十年前的青葱岁月。

高一第一学期，大家都被学校新来的一位男老师吸引住了，听说这位老师考上了县委办秘书，好好的公务员干了没多久就毅然辞职，回到了只待过半年的学校。要知道，在二十年前的小县城，进政府大门是多少人梦寐以求的事情，这在当时不到三万人的小县城引起了不小的轰动。这位男老师个头不高，身姿挺拔，眉清目秀，皮肤偏白，充满了朝气。最关键的是，这位老师就是我们的语文老师，同时也是我们的班主任。

第一堂语文课，大家充满了好奇，上课铃响，只见闫老师迈着矫健的步伐，昂首阔步走上讲台。老师挥手在黑板上写下自己的名字，同时进行自我介绍，不可否认，这是我们当时见过最漂亮的粉笔字。第一堂课，不是按部就班地读课文，正式进入新的一课，老师却谈了自己的课堂设想，征求同学的意见。告诉同学们，上语文课，贵在用心去体会，体味人间一切真善美……这在当时所有课堂中是破天荒的。

接下来的语文课堂，完全超乎同学们的想象，从此语文课堂不再是按部就班地背诵、书写、查字典等，而是充满了悠扬的琴声、婉转的歌声、声情并茂的朗诵声、激烈的讨论声、热火朝天的表演、疯狂的野外探险……世界的另一扇大门仿佛一下被打开了。

记忆最深的是课堂中，老师会根据课文内容，辅之以乐器演奏。老师让大家在琴音中展开丰富的想象，有时候闫老师会手捧口琴，只听琴声细腻舒缓，充满深情，如泣如诉，似乎在叙说一个古老的传说；有时老师则会抱着吉他边弹边唱，如水的琴声悠悠响起，时而舒缓如清泉，时而急促如飞瀑，时而清脆如珠落玉盘，时而低回如呢喃细语。洁净的琴声，带着大家穿越时空，去触摸灵魂深处的记忆。琴音落，大家久久不能平静，之后又围绕课文展开激烈的讨论，有关于爱情、有关于亲情、有关于友情、有关于道义……似乎正是在这不经意间，大家逐渐明白了什么是真、什么是善、什么是美。

记得在一个秋雨绵绵的黄昏，大家急不可耐又带着几分激动去阶梯教室上语文课——看电影《廊桥遗梦》。那个时候看电影是件奢侈的事，而我们竟然能在上课的时间看一场爱情片，当时不知羡煞了其他班多少同学。同学们早早整齐地坐在阶梯教室，只见幕布上渐渐浮现主人公……当看到年老的弗朗西斯卡深情凝视她和罗伯特曾经去过的那个地方，我内心汹涌澎湃得不能自已。仿佛自己也能感受到那份情愫，单是那种感情的冲击力就可以使她精神崩溃。最后，弗朗西斯卡丈夫临终前那句“我知道你有自己的梦想，遗憾我没能给你，我很爱你”的台词又不知收获了多少感动与眼泪。

还记得有一次上曹禺的话剧《雷雨》，老师的创意是学生自编自导自演上这一堂课，老师只在恰当的时候进行指点。同学们一下子炸开了锅，各个热血沸腾，摩拳擦掌，跃跃欲试。经过试演，最终自带忧郁气质的瑞颖演姨太太蘩漪，一派正气的佳宁演老爷周朴园，而我则饰演四凤，旭升演姨太太的儿子周冲……

二十年前的小县城，物质生活本来就不充裕，上学的农村孩子又居多，为了找到老爷周朴园的演出服——睡袍，大家可是费了一番心思，跑遍了小县城的大街小巷，火急火燎的，竟然找不到一件睡袍，最后瑞颖灵机一动，建议去初中语文老师的家中问问，哪知一进老师家门，只见老师正穿着我们要找的想象中的睡袍，就这样老爷的道具搞定了。还记得在阶梯教室表演的那天，教室被围得水泄不通。瑞颖穿着从照相馆租来的红色旗袍，头发被同学用烧烫的筷子夹卷，再擦上从女老师那里借来的口红，搭配上她那忧郁迷离的眼神，活脱脱一个四姨太。而我则梳着两条长辫子，穿着劳动人民的碎花衣服和裤子，俨然一个涉世未深的村姑。佳宁穿着借来的长睡袍，戴着黑框眼镜，嘴里叼着“黑烟卷”……那天，同学们演得很投入，周萍被父亲打，蘩漪发疯，四凤悲痛触电而亡……因为演得很真实，博得了台下同学们的阵阵掌声。正是通过这场表演，同学们更了解了曹禺的《雷雨》，感受到中国话剧的魅力。后来，为了激发广大同学的学习热情，在学校的安排下，我们又在操场面对全校师生进行了一场盛大的展演，同样取得了圆满成功。人们常用“如沐春风”形容学生受教时的美好感受，又用“润物无声”形容老师施教时的美妙境界，我想大抵就是如此吧。

如今，毕业多年，工作家庭，时常忙忙碌碌，但只要有片刻休息的时间，哪怕是午饭后林荫道中漫步，听那耳畔掠过的清风，看那洒落一身斑驳的日光，闻那沁人心脾的花香，想那情谊浓醇的过往，不紧不慢，不言不语，刚刚好。不管是云儿飘，还是风儿吹，所有的烦恼和惆怅，都不再与我相伴，心底舒缓的愉悦不时地探出头来，正如这林中花，美丽着自己的美丽，快乐着自己的快乐。我想这样的感受力来自闫老师的启发，老师教会了学生，当你独自面对生活、工作、自己的时候，该如何取悦自己，只要时刻保有一颗柔软的心，有一颗善于发现美和善于欣赏美的心，眼到之处皆是春暖花开，耳听之声皆是天籁，脚到之处皆是坦途。时刻保有一颗赤子之心，独享这份清浅的温暖与素简的安然，心灵永远是通透与宁静的。

花香袭人

牧羊女

小娟所有的生活都与羊有关，春夏秋冬，一年四季，寒来暑往，不变的始终是羊倌的角色。冬春圈里圈养，夏秋滩里放羊。

长十七岁，与人说的话却不如与羊说得多，冬春圈里说，夏秋滩里说。羊始终是她忠实的听众。她懂羊，羊也懂她，就这样风里来雨里去，渐渐地，她与羊结下了深厚的感情。

冬季，寒风凛冽，大地一片荒凉，秋季备下的草料正可以圈养羊只，每当小娟走到羊圈旁，羊儿便咩咩地叫着朝她蜂拥而来。肚子吃饱时，有时则会轻轻地闻一闻她，像是表达亲昵。常常不等小娟扔下玉米秸秆，羊群早已将她团团围住，争先恐后抢食最精华的玉米叶子。羊儿吃草，小娟看羊吃，看着看着，小娟便不由自主地拿起一片叶子，也学着羊的样子嚼起来，想象着草叶的多汁与鲜嫩。最有趣的莫过于看羊儿吃玉米，只见羊们头顶着头，时不时发出争抢的怒吼声，嘴里嚼得嘎嘣嘎嘣响。这时，小娟便捡起玉米粒，硬生生地嚼啊嚼，终是嚼不碎这羊间美味。

小娟发现，这羊族不像人类，全部是双眼皮，各个是大眼睛，睫毛是又稠密又细长，有白色的、黄色的、黑色的，都是它们自身皮毛的颜色。再配上那水汪汪的眼睛，煞是好看。小羊羔吃完奶后都喜欢用小舌头去舔食唇边的奶渍，嘴巴吧唧吧唧半天，像是在回味着奶的悠长与甘甜。

别人家的羊怕主人，小娟家的羊追主人，常常大羊簇拥着她，小羊乖乖让她抱。她不知道人的世界，不会与人打交道，与羊在一起却是那么的自在与融洽，日子过得缓慢而悠长。阿爸阿妈总说，这女子痴，别家的姑娘喜欢穿得花红柳绿往外跑，而小娟却一生素衣不离身，得空就往羊堆扎，将来怎么能嫁个好人家！

一年夏日雷暴雨，昔日平静的小河河水暴涨，小娟冒着倾盆大雨往回赶羊群，头羊狂奔，小羊殿后。奈何雨大水急，几次过河激流都冲走了惊慌失措的小羊。小娟冒着倾盆大雨，沉沉浮浮于过肩的河水，拼尽全力打捞被浪掀翻的小羊，一只、两只、三只……看着所有羊只渡过河，小娟总算放了心，哪知一个趔趄，小娟消失在了雨瀑中……等其他牧民救起小娟，一切为时已晚。

小娟走了，这个单纯的牧羊女走了，她静静地生，匆匆而去，她还未来得及感受人间美好，带着她对羊的爱，永远地离开了她心爱的羊以及她的阿爸阿妈。

可爱的小猪

如果你仔细观察，小猪真的蛮可爱。

小猪有一对芭蕉叶似的小耳朵，只要你轻轻触动它，它便调皮地忽闪两下，煞是可爱。小猪还有一个坚韧的鼻子，在无聊或生气的时候，总是在猪圈里使劲拱土，好像要把所有的气都使在鼻子上。小猪的小尾巴也很可爱，经常翘起来绕上一圈，好像一个简易的删除符号。小猪其实很爱干净，吃饭、睡觉、排泄的地方严格区分开来，从来不会弄颠倒，所以它的皮毛永远是干净的。

小猪只要是健康的，就特别能吃，吃饱了，挺着一个圆溜溜的大肚子慢悠悠地在猪圈里散步。小猪还是个死皮赖脸的小家伙，你要把它惹了，它是绝不会善罢甘休的。记得在盛夏的中午，骄阳似火，把人晒得眼睛也睁不开，眯成了一条缝。只见小猪躲在猪圈的墙角处呼哧呼哧地喘着气，看见我给它倒水，急忙跑过猪食槽猛吸几大口，就又火速奔向一个废弃的鸡窝口。我跑到鸡窝门口，挡着不让它进去，看看它能怎么办。只见它一副很不情愿的样子，在鸡窝门口踱来踱去，喉咙里不时发出不情愿的哼哼声，又像在思考着什么，眼睛还不时瞅瞅我。就这样僵持了老半天，我以为它已经被我征服了，得意扬扬地笑着，轻蔑地哼两声，拍拍手，便扬长而去。刚走出没几步，便听见“嗖”的一声，一回头，但见小猪大半个身子已钻进了鸡窝。看着它迫不及待的可爱样子，原谅它一回吧，真拿它没办法。

小猪和其他动物一样贪嘴，要在哪个地方吃习惯了，即使你教训它，它也屡教不改，气得你哭笑不得。

曾经看过一部纪录片，说猪的智商仅次于海豚，排行第二。在智商测试上完胜黑猩猩，只是黑猩猩肢体动作更灵活，更趋近于人类而已。猪也有超常的嗅觉，比狗强百倍，在某些方面甚至超过了狗，目前世界上有许多国家用“警猪”，比如德国、美国等。记得在美国有一个大凶杀案，前前后后线索都是靠猪查出来的。

猪总是认真地吃，对饮食质量要求不高，所以《西游记》中的佛祖以“食肠宽大”为由，封八戒为净坛使者，让它享受供奉。猪按时吃、踏实地睡，天塌下来我自岿然不动，高质量的睡眠才有健壮的体格，这也是拿着手机熬夜和因工作压力大而常常失眠的现代人应该反思的地方，不得不说猪身上的优点和潜质真的很多。

我的戏曲爱好

打我记事起，奶奶便喜欢听戏，尤其是京剧和黄梅戏，高兴时还会哼两句。许是受奶奶影响，我小时也喜欢听黄梅戏，最早会唱的便是家喻户晓的《树上的鸟儿成双对》。因为喜欢，有意无意间便会关注黄梅戏，后来也就学会了《对花》和《谁料皇榜中状元》。

许是听黄梅戏得了要领？抑或是曲虽不同，同出一辙？后来自己慢慢喜欢上了更多的南方戏种，从越剧《天上掉下个林妹妹》《十八相送》到评弹《秦淮景》《姑苏行》《姑苏水巷》《枫桥夜泊》，再到昆曲《春江花月夜》。从痴迷于唱黄梅戏的马兰再到唱评弹的徐惠芬、盛小云，我将自己对杏花烟雨江南、小桥流水人家、粉墙黛瓦乌船、桨声灯影里的秦淮景等的幻想与迷醉全部化为对南方戏曲的喜爱。

仍记得第一次听评弹是在张艺谋执导的电影《金陵十三钗》上，“我有一段情呀，唱给诸公听，诸公各位静呀静心呀，让我来唱一支秦淮景呀，细细呀，道来唱给诸公听呀……”一曲《秦淮景》，诉尽金陵风情，带大家走进那个战火纷飞的年代。吴侬软语软糯醉人，苏州评弹柔媚甜美，余韵绵软悠长，令人魂醉骨酥，回味良久。纤纤素指，轻拢慢捻，轻拨弦上温柔，缕缕情思编织出光滑的绸缎，点点情感酿出醉人的陈酿，吴侬软语如涓涓细流，令人千回百转。

第一次听评弹便被迷醉了，于是我开始搜寻关于评弹名角的名曲，一遍遍地赏析、模仿，尤其是苏州评弹演员盛小云唱的评弹，简直惊为天人，她的声音圆润柔滑、婉转动听，再配上她那端庄秀丽、古典而大气的外表，秋水般的眼波，恰到好处的动作和情绪传递，对于评弹神韵的把握令人拍案叫绝。从听到学，后来自己竟然也有模有样地会了几首经典的曲目，参加文艺活动、闺蜜 K 歌小聚、缓解看稿子疲劳等都能派上用场。全民 K 歌录制，居然几年来保持前三名的榜单，有段时间竟然幻想着唱出一片天地，开辟第二职业，脱了当编辑看稿子的命运。

一位南方同人曾惊奇地问道：“作为几近流失的南方曲艺，多少南方人也学不会，一个西北女汉子是怎么学会的？”回答：因为听到评弹便让我想起戴望舒的《雨巷》：“她是有丁香一样的颜色，丁香一样的芬芳，丁香一样的忧愁，在雨中哀怨，哀怨又彷徨……”想到白居易的《琵琶行》：“千呼万唤始出来，犹抱琵琶半遮面。转轴拨弦三两声，未成曲调先有情……”它让我想起那天下女子的幽幽情思，它如山间的晴岚，岚中的万紫千红……令人怦然心动。评弹曲调恰恰倒出了一寸心头万顷清澈的爱意，那是作为女儿也说不清、道不尽的满腔柔情，微波荡漾，时起时伏，那是一种美妙的感受。

飞　车

一日，看一篇文章，这篇文章主要讲作者小时候试驾摩托车的有趣经历，看着别人的故事，脑海里突然就浮现出二十多年前小英姐骑摩托车的经历。

那时我七八岁的样子，第一次目睹了代表速度与激情的现实版“飞车”，观看了惊心动魄的驾驶全程，没有了对电视上飒爽英姿的驾驶员的艳羡，有的只是心惊肉跳。

这个“飞车”的驾驶员就是二爹的姑娘——小英。小英姐年长我五六岁，那时也不过十二三岁。当时嘉陵摩托车正风靡于西北的农村，谁家若买了嘉陵摩托车，那真是全村人瞩目的焦点。二爹家因为田地多，种植经济作物繁杂，手里有了些积蓄，故买了一辆二手的嘉陵摩托车。虽为二手车，全家人还是很新鲜和稀罕。记得小摩托车刚买回来的第一天，家门前的土路上便围了一圈观看和排队等待试驾的人，大家七嘴八舌地讨论着。等大人和男孩子都把玩过，好不容易轮到小英姐，只见她在众人的注视下兴致盎然地一抬腿跨上“战马”，一副志在必得的样子。只听二爹说加油门车就能跑了，不等大家反应过来，屁股还没有坐稳当的小英姐已驾着车射了出去，几秒工夫，已跑了有半公里多。大家笑笑，都觉得这女子驾车有范儿。正在大家沉浸在喜悦中，只听远处传来小英姐撕心裂肺的喊叫：“妈呀，车咋停？”这时大家才反应过来，她根本不会骑摩托车。

那时村道还没有硬化，家门前土路坑坑洼洼，崎岖不平，车一过，白茫茫一片，更要命的是路上还有大坑。由于小英姐只会加油门，车速是越来越快，经过大土坑时，只听“嗖”的一声，摩托车一下弹了起来，小英姐也随着“飞车”弹得老高，只见小英姐发辫飞扬，衣服被风鼓得老高。大人们惊慌失措地朝飞车跑去。更糟糕的是，当时正值黄昏，恰牧羊人赶着羊群归家。只见小英姐驾着“飞车”，远远地朝牧羊人大喊：“快点把羊打开啊，车停不下来！”说时迟，那时快，牧羊人刚驱赶开羊群，小英姐已经驾驶摩托车飞驰而过，一路尘烟四起，归家的羊群怔怔地看着这个怒吼的工具和风也似的女子；小羊横冲直撞，一副惊魂未定的样子。好险！家人一路追，一路大喊：不加油门就能停下来。可小英姐离得太远，压根听不到。只听她撕心裂肺地喊着路上的行人赶紧走开。就这样一路追了几公里，车终于缓缓地停到了另一个村的打麦场上。这时跑到半道的二妈一屁股瘫坐到土路上，大家这才松了一口气。二爹跑上前一顿厉声责备：不会骑车，逞啥能！人出事咋办？小英姐正惊魂未定，又受到父亲的责备，委屈地流下了泪。其他人上前安慰，人没啥事就好。经这么一折腾，二爹说啥不敢再让人骑了，心有余悸地推着车走了回来，大家只好悻悻地散了场。

自那日后，二爹再也不准我们小辈碰摩托车，不过小嘉陵没骑多久就坏了，后来维修过一次，可过了没多久又坏了，后来听说再修理也不值当，故那个二手的小嘉陵便成了院落的摆设，日日承受着严寒酷暑、风吹日晒，逐渐蒙了尘，失去了往昔的光彩，连同这逝去的流年，逐渐被大家淹没在记忆的林海雪原深处。

后　记

光阴荏苒，不觉间从事出版工作已过了十个年头。犹记得初入社里的模样，年轻、蓬勃，充满朝气，而今，未及不惑之年，已是双鬓斑驳、发量稀疏，不禁感叹岁月的无情。回首往昔，虽未因碌碌无为而感到悔恨，未因虚度年华而感到羞愧，然，掣肘各情形，稿山稿海，疲于奔命，业务未见精进，日夜辗转，苦思冥想，时有焦虑难安。

从事编辑工作多年，记不清经手的稿件有多少。而编辑所要做的，就是对作者的来稿进行整理、加工，使之达到出版要求。编辑，好比一个裁缝，作者拿来布料，你要为其量身定制，裁剪、加工、缝制，使之成为得体漂亮的外衣，让作者穿上它，接受旁人的赞美。正因为此，编辑工作也常被人形容为“为别人做嫁衣”的工作。无论是质量上乘之作还是质量差的作品，无论是主动输入还是被动接受，编辑工作的性质决定了，我们总是比别人看得多，故而感性认识也多。那么，为什么我们不能写出属于自己的作品呢？何况我们知晓出版的规范和要求，即使一下写不多，但日积月累，总是可以积少成多的。虽然水平有限，但是只要写，总是突破自己的开端。

事实上，既是名编又是著作等身的名家大有人在，比如叶圣陶先生、巴金先生、汪曾祺先生等，他们就是我们学习的榜样。往近处说，社里的陈浪、管世献、杨海军等同人早已出版了个人专著，有的人出版了不止一部作品，他们便是近在眼前的学习楷模。

然而，说来容易，做起难。编和写，完全不是一码事，是两种不同的体验。若想写出出彩的文章，更是难上加难。写，毕竟要以读为依托，而不是我们平时所编的书稿，要实实在在地读经典、读名著，要站在巨人的肩膀上，将其思想内化于心，与自己的生命体验相融合，或许才可以写出出彩的文章。此外，编辑的工作性质，决定了你必须要有高于普通作者的写作要求，故而当准备结集出版那些于漫漫长夜悄悄写就的小文时，总是顾虑重重，战战兢兢，怕被人耻笑。从日记到图书，从隐藏到面世，需要勇气。思来想去，经过一番筛选，终是有了此集子。体量虽小，却是自己用心用情书写，希望能对得起读者，对得起自己。

感谢闫学军老师与李巨义老师于百忙之中为拙作作序，并提出许多宝贵修改意见，使当局者迷的我豁然开朗，学生铭记于心。感谢热心为本书提供精美图片的张永红主任等，这些图片为本书增色不少。感谢杨敏媛同人于繁忙的工作之余为我做这部书稿。她也是我处于困顿时真心为我担心、真心想要帮助我的同人之一，感激于心。感谢杨旭东主任对本书提出的宝贵修改意见，才使得本书以更好的面貌呈现。杨主任是我入社后的第一位主任，十来年的相处，深知他的为人，杨主任学识深厚、文采飞扬，我们从心底敬服。感谢社领导为我们提供这样一个宽松的平台，让我们无后顾之忧地尽情绽放与释放自我。感谢我的家人，包容我看稿子之余又写稿子，辛苦了。

最后，我想对儿子说：宝儿，妈妈唠叨了这么久的属于妈妈的作品终于可以出版了，《流年有味》，真的来了。